# 見習い錬金術師はパンを焼く 2
## ～のんびり採取と森の工房生活～

レッテリオ・コスタンティーニ
ヴェネスティ侯爵家に仕える騎士で、迷宮探索隊の副隊長。錬金術師としてもアイリスのことを信頼している。
イグニス
炎の精霊（サラマンダー）の男の子。アイリスの契約精霊。甘いものとお肉が好き。
アイリス・カンパネッラ
錬金術師をめざして、森の工房で精霊たちと一緒に暮らす女の子。頭の中にあるたくさんの"レシピ"を使い、新しいことを考えるのが得意。
登場人物紹介

バルド
金の斧亭の店主。元ヴェネトス警備隊の副隊長。
ルルスス
森ケットシーの男の子。流浪の旅商人。
カーラ
金の斧亭の女将。バルドの妻。
エマ
商業ギルドの職員。薬種を扱う商家の娘。
ティーナ・バルバロッサ
海の街ペルラの次期太守。レッテリオと親し気だが…?
レグ
大地の精霊(ノーム)の男の子。工房の森に住んでいる。
ラス
大地の精霊(ノーム)の女の子。レグとは双子の兄妹。

# 見習い錬金術師はパンを焼く 2

~のんびり採取と森の工房生活~

目次

# 1 差し入れキッシュとソーダ石

「アイリス……ルルススからちょっとお知らせがあるのにゃ……」

朝九刻の鐘が鳴り、迷宮《めいきゅう》での汚れを落としたレッテリオさんを見送った後、お耳とヒゲ、尻尾《しっぽ》までしょげさせたルルススくんが、ローブの裾《すそ》を引っ張って言った。

「どうしたの？　ルルススくん」

「ちょっとこっちへ来てほしいのにゃ」

グイグイと手を引かれ連れて来られたのはキッチン……の、オーブンの前。最近はイグニスに焼いてもらってばかりなのであまり出番のない大きなオーブンだ。

「……ん？　あれ、なんか焦げくさい……」

「アイリス、ごめんにゃ」

ルルススくんは【ふしぎ鞄《かばん》】から、布に包まれた大きな丸いものを取り出した。形からすると田舎《いなか》風パンのようだけど――？

「あれぇ～？　ルルススそれなぁに～？　どうしたのぉ～？」

迷宮へ戻るレッテリオさんを、見送りと称し途中まで付いて行っていたイグニスが飛んで来た。

「これはルルススが焼いたパンにゃ……」

白い包みをそっと開けたルルススくんの耳がペタンと下がる。露《あら》わになったパンは『こんがり』を過ぎちょっと焦げ付いていた。

「ごめんにゃのにゃ……実は――」

ルルススくんは私たちが迷宮へ行っている間、パンの酵母のお世話をしたり、新しく仕込んだりしてくれていたそう。私がお願いし忘れていた仕込みまでやってくれていたなんて……有難《ありがた》い！

そして『そうにゃ！　帰って来たみんにゃに焼き立てパンを食べさせてあげるにゃ！』と、一人でパン作りに挑戦したそうなのだ。

以前からルルススくんは、素材採取と行商をしながらパン工房に酵母も売っていた。パン職人の仕事ぶりは工房でよく見ていたし、私のパン作りのお手伝いもしていた。だから一人で生地を仕込み、オーブンで焼くこともできると思った――。


「――だけどダメだったのにゃ。これは失敗パンなのにゃ」

出来上がったのは頭に思い描いていたふわふわホカホカのパンではなくて、ぺたんこカチカチちょい焦げのパン。まるで従来の携帯食の堅焼きパンだ。

「材料を無駄にしてごめんにゃさい。焦げ付いたオーブンのお掃除はしたんにゃけど……」

その場でピョン！　と飛び上がり、オーブンの扉を開ける。

「まだちょっと焦げ臭いのにゃ……」

「んん～ほんとだ～でも奥まできれいだよ～！　さすがルルススだね～！」

イグニスがオーブンの中を見て、その掃除の丁寧《ていねい》さを褒《ほ》めている。きっと私だったら見えにくい奥や隅《すみ》っこは手を抜いてしまうだろう。

それにしても……。私は項垂《うなだ》れたルルススくんにチラリと視線を向けた。「ごめんにゃ」と、耳やヒゲをしょんぼり下げた姿はあまりにも可愛くて可愛くて……！　こんなに落ち込んでいる本人にはそんなこと言えないし、言わないけど、ついつい頭を撫《な》でて抱き締めてしまいたくなる。

「気にしないで、ルルススくん。お掃除は完璧だし、臭《にお》いは少し時間をおけばきっと大丈夫。それにそのパンも無駄にはならないよ」

「んにゃ？　無理に食べるのはお腹に良くにゃいのにゃ」

「ううん、無理じゃないよ。ほらこれ、焦げちゃったのは外皮《クラスト》の上下だけだし……うん、中は焦げ臭くないし大丈夫」

バリバリの外皮を剥《は》がしてみれば、硬さはあるが中身は無事。

「これ、パイ生地の代わりにしよう！」

「パイ生地？」

「なに作るのぉ～？」

「キッシュ！」

迷宮で食べた朝ごはんはビスコッティとハーブティーだけ。小腹が空《す》いてきたし、レッテリオさんも工房にあった残り物を摘《つま》んだだけで仕事に戻ってしまった。

だから何か作って持って行ってあげたいなと思って、食料棚や食料保管庫を覗《のぞ》いたところだったのだ。

しかしキッチンにあったのは、常備してある調味料と携帯食に使った野菜やハム、ベーコン、チーズの残り。それから、定期配達の契約をしている牧場から届いていた卵と牛乳がどっさり。

これには【状態保持】付きの保管庫があって本当に良かったと思った。配達は週に一度だけど、嵐や盗賊騒ぎで遅れていた分が留守中に一気に届いていたのだ。先生たちが工房を出たので量を減らしてもらわなきゃいけなかったのに、携帯食作りが忙しくてすっかり忘れていた。

「レッテリオさんたち、これからまた迷宮でお仕事でしょう？　携帯食続きじゃしんどいだろうから、お昼ごはんの差し入れをしに行こうかなって思って。でもキッシュに使う保管庫の作り置きパイ生地はもうないし……」

「にゃ⁉　それでルルススの失敗パンを使うにゃか⁉」

「そう！　だって……帰宅したばかりでパイ生地を一から作るのって正直ちょっと面倒でしょう？　でもこれ、パイ生地の代わりにできるし、キッシュなら使っちゃいたい卵とあり合わせの材料で簡単に作れるし！」

「いいねぇ～！　きっとみんな喜ぶよ～レックくんもお腹空いたって言ってたし～くふ～！」

「わ、ほんと？　じゃあボリュームあるのが良いかな……」

とはいえ材料は限られている。これから買い出しに行く気力はないし……。

「そうだ、パンを厚めに敷き詰めてみようかな？　あ、この焦げてないとこも使えばお皿がなくても食べやすそう……？　ルルススくん、これお手柄かも！」

「にゃ……？　そうにゃか？　本当にゃ？」

うん、と私が頷《うなず》くと、ルルススくんのお耳がピンと立ち、ヒゲを震わせホッとした表情になった。

「ルルスス、材料の無駄遣いは商人として許せなかったのにゃ～！　無駄ににゃらにゃくて良かったにゃ～！」

「キッシュつ～くろ～！」

「うん！　あ、でもその前に……」

私もお風呂に入って来なければ！　自分が動く度にほのかに臭う泥臭さが気になって仕方ない。

ああ、泥沼にハマった私の臭いは、着替えただけじゃ消えないのだ……！


「アイリスーこの玉檸檬《たまレモン》はどうするにゃー？　保管庫にしまっていいにゃかー？」

お風呂の外からそんな声をかけられた。採取してきた素材をルルススくんとイグニスが片付けてくれているのだ。

私の入浴中に二人をこき使っているようで申し訳ない……と言ったら、ルルススくんには「時は金にゃりにゃ」と、イグニスには「アイリスにおいしいキッシュ～早く作ってほしいし～！　くふふ～」と言われてしまったので、ここは甘えることにした。

「あ、玉檸檬はすぐ使うからキッチンにお願い～！」

「了解にゃー」

聞こえてくるルルススくんの足音は、トテ、トテ、トテと随分慎重だ。

「あ、ルルスくーん、足元気を付けてゆっくりでね～！」

「にゃーい」

帰り道で見つけ、採取した玉檸檬は大籠《おおかご》に山盛りだった。ルルスくんが持てば前が見えなくなってしまうはず。その証拠に、いつもは「トットットッ」と軽快な足音が「トテ、トテ、トテ」とかなりゆっくりだった。

ちょっと心配になって湯船から耳を澄《す》ませていると、「ルルスス～ぼくが押さえててあげるね～」「にゃ、助かるにゃ」なんて声がうっすら聞こえ、私はホッと一息つきフフフっと微笑《ほほえ》んだ。


「あっ、あった！　よっ……と！」

お風呂上がり。私は各種保管庫の隣、使用頻度の低い器具などを仕舞ってある納戸《なんど》から、お目当ての物を引っ張り出した。

「それでは！　夏恒例の玉檸檬水を作りまーす」

「玉檸檬は洗ったにゃよー」

「しゃふつ処理も～できたよ～」

「二人ともありがとう！　あとは簡単だからちょっと休憩しててね」

まずは甘みのある白玉檸檬《しろたまレモン》を輪切りにして、それから普通の玉檸檬も輪切りにする。こちらは蜂蜜漬け用だ。

「次はこれを設置して……と」

壁際に組み立てた鉄枠に、硝子《がらす》製の飲料サーバーを置いて水を注ぐ。

工房に水の精霊《ウンディーネ》がいるととても助かるのだけど、今はいないので大鍋で蛇口と飲料サーバーを何往復かしなくてはいけない。去年は水の精霊《ウンディーネ》と契約していた同期のおかげで楽だったこの作業も、今年は一苦労だ。

「ふぅ……」

「次はこれにゃね？」

ルルススくんが用意していた材料のボウルを差し出してくれた。

「ありがとう！　それじゃ白玉檸檬を投入しまーす！　薄荷《ミント》はチョットちぎって……あ、日輪草《にちりんそう》も少し入れちゃおうかな」

日輪草を入れたからってポーション効果が出るわけじゃないけど、薄荷《ミント》だけだと何か物足りない味になりそうなので、ちょっと千切って足す。

「それから最後に……んーどのくらい入れよう？」

手にしたのは作り置きしてあった玉檸檬の蜂蜜漬けだ。輪切り状のこれは、パンに乗せたりお菓子やドレッシング、ソースなどにアレンジしたりと、色々と使えるので常備してある。

玉檸檬水の標準レシピは、玉檸檬と薄荷《ミント》、兎花《うさぎばな》に蜂蜜。だけど今回は『砂糖檸檬』とも呼ばれる白玉檸檬がメインなので、甘い兎花と蜂蜜の代わりに玉檸檬の蜂蜜漬けを入れてみようと思う。きっと、檸檬の皮の苦味と果肉の酸味がアクセントになり、漬け込んでいた蜂蜜がまろやかさを足してくれるはず。

「ぐるりと混ぜたら仕上げに氷の魔石を嵌《は》め込んで……」

カチッという音と共に、硝子容器に刻まれていた【冷却】の錬成陣が淡い光を放った。

「よし！　白玉《しろたま》檸檬《レモン》水《すい》の出来上がり！」

「やった～！　ねぇねぇ、甘いかなぁ～？　飲んでみてい～い～？」

「ルルススも味見するにゃ！」

私は出来立ての白玉檸檬水をコップに注ぎ、待ち切れない様子の二人に手渡す。

「はい、どうぞ。半刻くらい置くと味が落ち着くんだけど……どうかな？」

「甘～い！　アイリスおいしいよ～！」

イグニスは白玉檸檬の果肉に齧《かじ》り付き、口の周りを舌でペロペロしている。

「んん……冷たくて、甘いけどスッキリしてて美味しいにゃ！　……ねぇアイリス、これソーダ石《せき》を入れても面白そうにゃにゃい？」

「ソーダか……。ルルススくん、ソーダ石持ってる？」

「持ってるにゃ！　にゃにゃ～……真夏にシュワシュワの冷たい檸檬水にゃんて～絶対に美味しそうにゃよね～……」

チラッチラッと、ルルススくんは私を見上げてアピールだ。

「フフッ、そうだよね～……。ルルススくん、お安くしてくれるよね？」

「勿論にゃ！　お買い上げありがとうなのにゃ！」

冷たい玉檸檬水で一息入れて、湯上がりの火照《ほて》りも冷めた私は再びキッチンへ。

姿の見えないイグニスとルルススくんはというと、飲料サーバーを仕舞っていた納戸の掃除をしてくれている。

私が開けっ放しにしていた扉をルルススくんが閉めに行って……気付かれてしまったのだ。気付かない振りをしていた、その状況に。


「アイリス～大体おわったよぉ～！」

ちょっと埃《ほこり》をかぶったイグニスが、ふよふよと飛んできた。

「あ、ありがとう！　ルルススくんは？」

「ついでにって倉庫も掃除してるよ～。採取した素材をしまったときにも～気になってたんだって～」

イグニスは疲れた～と、私の頭の上にぺたりと寝そべった。

「あはは……ごめんね？」

基本的に仕舞い込むだけの納戸と保管庫だ。先生たちが王都に行くときに物の出し入れはあったけど、面倒なので掃除は後回しにしていた。

「ルルススねぇ～『にゃっ⁉　足跡がつくのにゃ⁉　掃除と整理整頓は基本にゃよ⁉』っておひげを立ててたよぉ～」

「あー……」

そこまでひどかっただろうか？

確かにそのうち掃除しなくちゃ、とは思っていたけど……仕舞うにも保管しておくにも特に不便を感じなかったから……。いや、そりゃちょっと埃っぽいかな？　とは思ってたけど、まずは生活優先で……うん。まぁ、錬金術師なんてそんなものだ！　先生たちも何も言わなかったもんね！

「ルルスくんには美味しいお昼ごはんでお礼をしよう」

「ぼくにもだよぉ～！　おいしいごはん～はやく作ろう～！」

「うん！　これを混ぜてあとは焼くだけだからね。ちょっと待っててー」

「は～い！」

私は卵液の入ったボウルに粉チーズを入れ混ぜて、次いでバターで炒めた玉葱《たまねぎ》、兎菜、ベーコン、赤茄子《トマト》を投入。そして塩胡椒をしてささっと混ぜる。

「よし。そしたらこれを型に……」

「あ～ルルスのパンだね～！」

「うん！　良さそうでしょう？」

丸い型に敷かれたパイ生地代わりのパン。あまり膨《ふく》らまず、堅めに焼かれたパリパリの外皮《クラスト》は、卵液が馴染めばきっと良い具合になると思う。

「あれぇ？　よっつも焼くのぉ～？」

「うん。探索隊の騎士さんたちが何人いるか分からないし……足りないよりは多い方が良いでしょう？」

余ったとしても、レッテリオさんが【ふしぎ鞄】を持っているから心配ないはず。

「あと私たちのお昼の分もあるからね」

私たち……といっても、そのうち一人は掌《てのひら》サイズのイグニスで、もう一人は子供サイズのルルスくんだ。小さめの型で焼いても半分は残るだろうけど、それは夜にまた食べれば良い。

「……夜は日帚《バジル》ソースとかチーズをたっぷり乗せて焼き直してもいいかな？」

「夜ごはんのことは～あとででい～よ～！　アイリス～早く焼こう～！　ほらぁ～また鐘が鳴ってるよぉ～！」

カン、カーン、カン、カーン……と、短い音と長い音の組み合わせで鐘が鳴り始めた。朝十刻半の鐘だ。

時を知らせるこの鐘、六回以上になるときは単音と長音の組み合わせで鳴らされている。あまり数が多いと何回鳴ったか分かり難いとか、いつまでも鳴るのはうるさいからとか、理由はいくつかある。「カン、カーン」で鐘二つ分なので回数は変わらないけど、一音短くなるだけで鳴り終えるまでの時間は意外と短くなる。ちなみに七時、九時などの奇数時間には、最後に単音の「カン」が付く。

鐘が鳴るのは開門から日没の閉門までの間、今の時期なら朝六刻から夜七刻だ。夜は鐘が鳴らないのもやっぱり単純にうるさいからだろう。

それに今は、街の広場やそこそこの店には置時計があるし、一般家庭にも徐々に普及してきている。高価ではあるけど懐中時計を持つ人も少なくはない。鐘がなくても時間は分かるけど、昼間は鳴ってくれた方が便利だし、いざというときに鐘を鳴らすことがあるため、鐘撞人《かねつきにん》を置いているのだと聞いた気がする。

「それじゃイグニス、焼いてください！」

「はいは～い！　こんがりいくよぉ～！」

キラキララと赤い光が舞い、キッシュを包み込むように集まった。そしてボゥッ！　と熱が起き香ばしい匂いがしたかと思うと、収束していた光がパーンと弾け、キラキラと周囲へ散った。

「は～い！　焼けたよ～！　ね、ね～アイリス～いい匂いだよねぇ～！」

「うん！　最高！　イグニスまた腕が上がったんじゃない？」

少し焦げ目の付いた黄色いキッシュに、赤茄子《トマト》の赤と兎菜の緑が映えてすごく美味しそう！　それに……と鼻を利かせれば、キッシュから立ち上る湯気からは混ぜ込んだチーズの香りがしているし、これは少し交ぜた兎花だろうか？　ほんのり甘い香りも漂っている。

「イグニス、ルルススくん呼んできてくれる？　温かいうちに食べよ！」

「はいは～い！」

すいーっと飛んで行ったイグニスの尻尾は「待ち切れない！」というように、ブンブンと大きく振られていた。


「んんー！」

まだ熱い一口目は、カットした三角の端をフォークで小さく取ってパクリ。

ハフハフ口を動かすと、芳醇なチーズの香りが鼻に抜け、濃厚な卵の味が舌に蕩《とろ》けて……もう！　美味しい！

ああこれ、二口目は欲張って大きめにしてしまおう。だって熱でトロッと熟した赤茄子《トマト》が私を誘ってる！　焼かれて甘さが出たとこにちょっと残る酸味が、濃厚なチーズと卵に合わさって絶対

に美味しいはず……！

「あ～おいしい～！」

「くふふ～！　アイリスぼくのしゃべり方が～うつってるぅ～！」

「だって美味しくて～！」

ご機嫌な様子のイグニスの向こうでは、やっと一口目を食べたルルススくんが目を輝かせていた。

「にゃっ……これ、ルルススのパンにゃか？　卵が染みて……美味しいにゃ！」

ああ、ルルススくんは取り分けられたキッシュを切って少し冷ましていたようだ。そうか猫舌だから……ううん、猫じゃなくてケットシーなんだけど。

「ほんと！　美味しいね、ルルススくん！　これ、側面のパンはパリッと焼けてるけど、下の方は生地が馴染《なじ》んで……ふわモチッとしててすっごく美味しい！」

なんだか、今までオーブンで焼いてきたキッシュよりも段違いに美味しい気がする。パイ生地じゃなくてパンにしたからだろうか。それとも――。

「ねえ、イグニス？　もしかして……場所によって火力を調節したりした？」

「ふふふ～ん！　そ～だよ～！」

ペロリ。イグニスは口元についたチーズを舐《な》め、平たいお口で大きくニンマリ。

「ほんと!?　イグニスってばすごい！　本当にお料理スキルが上がってるんだね……！」

「すごいのにゃ！　そんな細かい調整までできるにゃか！　ルルススにゃんて火力の魔石調節すら難しかったにゃよ」

「うん～！　ぼくすごいでしょぉ～！」

えへへ～と嬉しそうに笑い、そして物凄く得意げに胸を張るイグニスは、ご機嫌すぎて尻尾がまたブンブンと揺れている。

イグニスってば、いつの間にそんな器用な事ができるようになったのだろう？　四つものキッシュを部分的に火力調節しつつ、今までと変わらず一瞬で焼き上げてしまうだなんて。

「お料理特化の炎の精霊《サラマンダー》……」

そんな珍しすぎる方向に特化してしまって良いのだろうか？　お料理ばかり手伝わせていた私のせいだとは思うのだけど……。

でも、まあいいか。イグニスは嬉しそうだし、ルルススくんも凄いと褒めちぎっているし、ごはんは美味しいし……ね！


「あ、そうにゃ。アイリス、あの大量のスライムどうするにゃ？」

ルルススくんが指さすのは、保管庫に仕舞えなかった乾燥スライムだ。

「う～ん。保管庫の外じゃ品質に問題も出てくるしさっさと処理した方が良いんだけど……」

無理して保管庫に押し込むことはできる。でもあんな大袋、三袋も床に置いては邪魔にしかならない。それに整理整頓が基本のルルススくんとしては、床に積むのは許せなかったらしい。

「ちょっと～スライムいっぱいすぎたよねぇ～」

「下処理も大変そうにゃ。これ、保存紙《ラップ》に加工するんにゃよね？」

「うん。大部分はそのつもり」

迷宮産だから品質は高いはず。きっと【状態保持】期間の長い、高品質な上保存紙《ラップ》を作れるだろう。

それから中品質の保存紙《ラップ》も沢山欲しいし、ルルススくんと話していて思いついた失敗上保存紙《ラップ》
――これは何て呼ぼう？　失敗上保存紙《ラップ》は、ちょっとナシだろうけど――。

「保管庫に仕舞えないなら、もう作っちゃうしかないよね！　……二人とも、手伝ってくれる？」

「仕方ないのにゃ～」

「ぼくは～火しか出せないからねぇ～？」

「うん！　二人ともありがとう。よろしくお願いします！」

時刻はもう十一刻を過ぎている。そろそろレッテリオさんたちにお昼ごはんを差し入れに行って、
そして午後からは――。

スライムまみれのスライム祭りだ!!


「あー……美味しい」

襟元《えりもと》を寛《くつろ》げたレッテリオさんが、冷たい白玉檸檬水に喉を鳴らす。

「毎年暑くなってきた頃から作るんですよ。夏になると引いてる水は温《ぬる》くなるから、サーバーに【冷却】の陣を付けて冷やしちゃうんです。氷は作る手間がかかるわりに溶けちゃって勿体ないんで……」

と、口にしてみて思ったけど、氷を溶かしたくなかったのなら【コーティング】しちゃえば良

かったんじゃない……？　んん？　【コーティング】って、魔力に余裕さえあればかなり色んなことができちゃいそうかも？

「へぇ。いいなぁ、これ」

持ち込んだ硝子製飲料サーバーを岩に置き、私は白玉檸檬水を騎士さんたちに振る舞っていた。本当はありったけの水筒に入れて持ってこようと思ったのだけど、ルルススくんが「サーバーごと鞄に入れちゃえば良いにゃ！」と言ってくれたので、そうしたのだ。

「イグニスさん、おかわりもらえますか？」

「い～よ～！」

「ルルススさん、『ソーダ石の欠片《かけら》』ひとつください！」

「はいにゃ、三〇〇ルカにゃ。十回は使えるにゃよ！」

「フフッ、ルルススくんったらちゃっかり商売もしてるし」

あ、もしかして飲料サーバーの持ち込みはこれを見越してだったり？　さすが流浪《るろう》のケットシー商人……！

「アイリス、この硝子容器ってヴェネトスの街で作ったの？　それとも錬金術師の特別製かな」

「作った工房はヴェネトスの硝子工房ですけど、先生と職人さんの合作みたいな感じです」

「そっか……。じゃあ、アイリスもその工房と協力してこれ作れない？　うちの隊に欲しいなぁと思って」

「えっ」

「夏の訓練時にこれがあったらかなり有難いんだけど……どう？」

「そうですね……」

【冷却】の錬成陣は知っている。硝子工房の親方とも顔見知りだから発注はできる。でも――正直、作れる自信がない。

これを作ったとき、イリーナ先生は見習いでもこの陣を刻むことはできると言っていた。だけど見習いの私たちに作れたのは【状態保持の水筒】までだったのだ。

硝子サーバーと水筒には、その大きさと材質に大きな違いがある。水筒は、片手で持てる程度の大きさで、材質は竹や【防水】が付与された木製。だがサーバーは、大人が両腕で抱える程大きく、材質は硝子という熱で変化する素材だ。この大きさと材質の違いだけでも、陣を刻み定着させるために必要な魔力量、匙《さじ》加減が変わってくる。

そしてこの【冷却】の錬成陣は飲料用のもの。『適度に冷却させそれを保つ』という効果をムラなく定着させなければならない。そのままの状態を保てばいい【状態保持】とは難易度が違いすぎて、三年前、工房実習一年生だった私たちにはお手上げだった。

「アイリス、難しそう？」

レッテリオさんが私の顔を覗き込む。

――去年の夏も硝子工房にお邪魔して試してみた。でも、同期の二人は成功させたけど私にはできなかった……。

「ちょっと、難しいかもしれま……」

「やってみるといいのにゃ」

ルルススくんがおかわりの檸檬水を手に、ヒゲをそよがせ言った。

「ルルススは、アイリスとイグニスにゃらできると思うにゃよ？」

「ん～？　ぼくも～？」

「イグニスも……？　あ、そっか！　硝子を作るときの炎……！」

去年までは一人で陣を刻み、【冷却】の付与を試していた。だけど硝子を作るには炎が必須。炎の精霊《サラマンダー》であるイグニスの力も借りれば、定着させるのが難しい硝子にも難なく浸透させ、陣の定着もやり易くなるだろう。

「錬金術師と契約精霊は協力するものにゃ」

——そうだ。契約精霊は便利なお手伝いさんなどではない。私とイグニスが焼いたパンにポーション効果が出たことだって——あれはイグニスが頑張ってくれたことが大きいけど——二人で協力して作ったからだよね？

「イグニス、できると思う？」

「ん～……大丈夫じゃない～？　だってアイリスも～成長してるし～！　くふふ～！」

ちょっと照れ臭そうにそう言い、お口を隠して笑うイグニスにつられて私まで笑顔になってしまう。それにイグニスに「成長してる」って言ってもらえるだなんて、すっごく嬉しい！

「アイリス、携帯食と、これも発注できるかな？」

「はい！　硝子工房に相談して見積り取ってきます！」

「うん、よろしく。じゃあこれ、お願いしたい携帯食のリスト」

「はい！　あ、ところで迷宮探索隊って何人いるんですか？」

もらった発注予定の携帯食リストにはおおよその必要数しか書き込まれていない。

でも、それもそうだろう。まずは副隊長のレッテリオさんに携帯食を試してもらい、それから隊長さんと相談してもらう予定だったのだ。でも隊長のランベルトさんは、「レッテリオが良いと思うなら決めていい」とあっさり言ってくれたそう。有難いけど決断が早すぎて、数まで詰められなかったのだろう。

「ああそうだよね、ごめん。隊員は全部で十五人。四人で一班、二交代制で、あー……迷宮に潜《もぐ》る最大人数は八人。通常は四人」

「意外と少ないんですね。探索はどれくらいの日数ですか？」

「迷宮探索は基本的に週に一度で、大規模でない限りは三日〜一週間程度かな。探索だけでなく迷宮内の警備、警戒も含めた活動だから、浅い層を日帰りすることもあるよ」

「じゃあ基本の携帯食は、九食セットで最低四人分……予備も必要ですか？」

「あったら有難い。でもアイリスに全ての携帯食をお願いするのは酷《こく》だと思うから、まずは月二回、九食セットを四人分……七十二食分だね。そのくらいでどうかな？」

思っていたより探索隊の人数は少なかったけど、それでもなかなかの数だ。

「準備期間はどれくらいいただけますか？　あと納品は探索の何日前までに？」

「そうだな……今回の迷宮の変異調査と安全確認に最低一週間……ヴェネスティ侯爵への携帯食の献上もあるし、予算の相談もあるから……正式発注は一ヶ月後くらいかな？　納品は大規模探索でなければ前日までに。どう？　できそうかな」

「準備に一ヶ月ですね。納品も前日までなら【状態保持】の効力期間にも問題なさそうです」

「にゃあにゃあ、レックくん。正式発注の前に、契約はしてくれるんにゃよね？」

ルルススくんがピンと耳を立て、じっとレッテリオさんを見つめて言った。

さすが商人。確かに口約束だけで準備——携帯食の小型軽量化や種類を増やすなんてことはできない。

「勿論。一応副隊長だし個人的な印章も持ってるから、俺のサインに効力はある。あ、一筆書くよりこの前みたいに精霊の仲立ち契約をする？」

「いいえ、普通の契約書でいいです。でも、あの……初回の代金っていつ頂けます……か？　実は工房にはあまりお金の余裕がなくて……」

そうなのだ。売却したポーションや薬が予想よりも安い値段だったこともあり余裕がない。初回納品の、三十六食分もの材料費のあてがないのだ。

「先払いするよ。どのくらいあれば足りるかな……」

「計算にゃらルルススに任せるにゃ！　契約書もまずは重要な約束事だけで良いにゃね？」

「ああ。正式な契約と発注はまた後日改めて。それで良い？　アイリス」

「はい！」

ルルススくんが頷いているしそれで問題ない。レッテリオさんも信用できる人だしね。

「うん、にゃらそれもルルススが作るにゃ。イグニス〜ちょっと用紙を炙《あぶ》ってほしいのにゃ〜！」

ルルススくんが鞄から紙とペンを出した。さすが用意がいい。

「りょうかい〜〜」

ああ、なるほど。炙って『割符《わりふ》』のようにするのか。それに間接的にだけどイグニスの力も加えて——策士だ！　精霊の仲立ち契約とまではいかないけど、きっとそれに近い意味を持たせてるんだ。

「ルルスくんは頼もしいなぁ。ね？　アイリス」

「そうですね……勉強になります。あ、レッテリオさん白玉檸檬水のおかわりいかがですか？　実はさっきルルスくんからソーダ石を買ったんで、白玉檸檬水ソーダに出来ますよ！」

「わーさすがケットシー商人！　商売上手だなー……」


ギュギュ、とレッテリオさんの印章が押され、初回納品分の前金も頂戴し、無事に契約成立。まさか迷宮前広場なんていう青空契約になるとは思わなかったけど……でも、ホッとした！

「アイリス、嬉しそうだね？」

「はい！　これで試験までの一年、お金の心配はひとまずなさそうですから！　もうひもじい思いはしないで済みそうだし、パンを焼いて携帯食を作るのが研究にもなるし！」

携帯食の試行錯誤がそのまま試験のレポートになるなんて、こんな良い仕事はない！

「あ、そうだレッテリオさん、作ってほしい携帯食とかありますか？」

「そうだな……具材ナシのシンプルなパンも焼いてみてほしいかな。干し肉やチーズなんかのストックがまだあるから、アイリスのパンと合わせて食べちゃいたいんだよね。あ、ポーション効果を付けてもらえたらかなり嬉しい」

「柔らかいパンで、ですよね？　分かりました！」

ポーション効果はイグニスと焼けば付けられる。それから持ち込み数を考えるなら、やっぱりパンの小型化は必要だろう。あとは……他にも何か良い物を作ってあげたい。

契約も、前金も、それに期待もしてもらっているのだ。できるだけそれに応《こた》えたい……！

「慌《あわ》てて作らなくて良いからね、アイリス。献上は迷宮の調査が終わってから……一週間後くらいになると思うし」

「一週間……。じゃあ、初回納品はその後になりますね」

「そうだね。ちゃんと連絡も入れるし納期の相談もするから、そんなに構えなくても大丈夫だよ」

そうは言っても、侯爵なんて雲の上の人に献上だなんて緊張するし、初めてのお仕事に気合も入る。

「携帯食……侯爵様にも気に入ってもらえたら良いんですけど……。あっ、でもすぐに全部持って来い！　とか言われませんよね⁉」

「はは！　そんな心配はいらないよ。きっと興味は持たれるだろうけど、すぐに何百、何千と納品しろなんて無茶は言わないから」

「えっ⁉」

「ん？」

「騎士団って……そんなに人がいるんですか？」

「そっか、騎士団の規模なんか知らないよね。ヴェネスティ領は広大だから、国境や街道の警備をする隊の数も多いんだ」

「レッテリオさんが迷宮探索隊でよかったです……！」

「うん……迷宮《う》探索隊《ち》は最小の隊だからねー……」

最小で有難い！　レッテリオさんを微妙な表情にさせてしまったけど、私一人の工房にとっては、最大十五人分だってそれなりに多い数だもの！

「あ、ランベルトたちも上がって来たな」

言葉の通り、迷宮の出入口から出て来たのはランベルトさんと数人の騎士だ。レッテリオさんの班とは別ルートで調査をしていたそうなので、こうして時間差ができたのだろう。

「ランベルトさーん！　お疲れ様です、冷たい飲み物どうぞー！」

「ランベルト、お疲れ。先に一息入れさせてもらってる」

レッテリオさんが汗をかいたグラスを掲《かか》げると、ランベルトさんから「ずるいぞ⁉」と声が上がった。


「はい、皆さんどうぞ！」

大体の人たちが揃《そろ》ったところでお昼ごはんだ。ルルススくんの鞄から出したキッシュは温かく、切り分けた側面からはチーズも蕩けだしている。

「あ、もしかして冷たいお料理の方が良かった……？　ですか？」

季節は夏。風もあるし爽やかではあるけど、涼しくはない。ちょっと歩けばじんわり汗をかく気温だ。私はキッシュを手渡し、レッテリオさんにそう聞いた。

「ん？　ああ。いや、温かい料理は有難いよ」

実は騎士さんたちが着る夏の騎士服には【冷涼】の陣が刺繍《ししゅう》されているそうで、上着を着ている方が涼しいらしい。

「へぇ～……【冷涼】って、ちょっと珍しい効果ですね。【体感温度調節】とか【適温保持】とかの方が快適そうなのに……？」

「確かにそっちの方が涼しいんだけど、それだと危険なんだよね。迷宮だとか魔物との戦闘で、熱さや冷たさに気付けないと危ないだろう？」

「あ、そっか。確かに……！」

「ところでアイリス、このキッシュ――」


「うっま……！」

「濃厚……！　卵ってこんなに味濃かったたっけ!?」

「あれ……疲れが飛んでいく……」

「おいしい～！　君、錬金術師だよね!?」


「……あ、はい。まだ見習いですけど」

騎士たちからの「おいしい」の声と笑顔。そして籠《かご》から消えていくキッシュの速さに驚きつつも、嬉しくなってしまう。

「まずいな、俺も早く食べないとなくなっちゃいそうだ」

「くふ～！　みんな～一人二切れだからねぇ～！」

「チーズとパンがずっしりくるから、欲張りすぎちゃ駄目にゃよ～！」

イグニスとルススくんは、白玉檸檬水を配りつつそんな事を言っていた。


「アイリス、君が作る食事って、全てにポーション効果が付くのかな」

ランベルトさんが隊員たちの輪からススッと抜け、小声で私に言った。

「いえ、イグニスと一緒に作ったものだけです。あと使う素材にもよりますね。まだ検証中ですけど、薬効のある食材を使うと効果が上がる気がするし、その特性に沿った効果が出たこともあります。例えば、ポーションの基本素材である日輪草を混ぜると回復効果が高まる気がするし、星屑草《ほしくずそう》も混ぜた【薬草ビスコッティ】は魔力回復の効果も出ました。あ、携帯食のサンプルに入っているので魔力を使った後に試食してみてくださいね。パンのレシピも私の【レシピ】にある錬金薬や一般の薬とも照らし合わせつつ、色々な組み合わせで試作していこうと思っていて……あ、この白玉檸檬水は——あれ？　イグニス？」

……っていけない、いけない。錬金術のことを聞かれるとつい長くなっちゃう。まだ説明はし足りないけど——。

それよりイグニスってば、白玉檸檬水のサーバーを覗き込んでどうしたのだろう？

「……はあ、助かった」

ぼそりとランベルトさんが呟《つぶや》いた。

「え？」

「……いいや、何でもない。ああ、イグニスは何を？」

「何でしょうね……？　イグニス、どうしたの？」

イグニスはレッテリオさんが手にしているキッシュと白玉檸檬水を見比べて、再びサーバーを真剣な顔で覗き込んでいる。

「ん～……アイリス～ぼくがこの中で泳いだら～ポーション効果でたりしないかなぁ～？」

「え？」

泳ぐ？　どうして？

「イグニス、にゃに言ってるのにゃ？　泳いだってイグニスの力が加わる訳じゃにゃいんにゃから出ないにゃよ。イグニスの出汁《だし》がポーション効果ににゃるんにゃにゃにゃいのにゃ」

炎の精霊《サラマンダー》の出汁……。

私はサーバー内で檸檬にまみれて泳ぐイグニスを想像し、「あ、ちょっと可愛い……」なんて思った。いやそれは錬金術ではないけれど。

「そ～かな～？　だって～炎の精霊《サラマンダー》が住んでるとこは～炎の属性が強くなるでしょ～？」

「あ、それは確かに」

私はキッシュと白玉檸檬水を見比べる。

キッシュにはイグニスの力が加わっているけど、白玉檸檬水には加わっていない。イグニスがやってくれたのは、硝子サーバーの煮沸処理だけだ。

「あれ？　それなら俺はイグニスと風呂に入れば……体力も回復したのかな？」

「いいえ、レッテリオさん。お風呂ではイグニスの出汁は出ないと思います。だって私、前にイグニスと一緒に入ったけど特に変化は感じませんでした」

イグニスはお風呂が大好きだし、一緒に入ればお風呂が冷めないという特典もある。何より泳ぐイグニスはとても可愛いのだ。

「やっぱりにゃ～。イグニスの出汁はポーションにはにゃらにゃいし、イグニスから出汁は出ないのにゃ」

「ん～そっかぁ～。でも～何でパンとか食べ物だけなのかなぁ～？　ぼく～お風呂を沸かすのも硝子サーバーも～いっぱい力をこめてるんだけどなぁ～……」

イグニスは「まだ～ぼくが弱いからかなぁ～……？」なんてしょんぼりと呟き、コップの縁《ふち》から白玉檸檬水をちびりと舐めた。身を縮こまらせ俯《うつむ》く姿に胸がツキンと痛む。

だってなんだか、それは以前の――先生たちがいた頃の自分の姿に重なって、全力でそんな事はない！　と抱きしめたくなってしまう。

「そんな事ないよ。イグニスがいなかったら携帯食の注文は貰えなかったし、レッテリオさんに迷宮へ連れて行ってもらうことも多分なかったんだよ？」

「アイリスぅ～」

「それにね、イグニス。炎の全てにポーション効果が付いてしまっても不便じゃないかな？　魔物を攻撃したはずが回復させてしまった！　なんてことになったら護衛役としては困っちゃうしね」

「レッくん～」

イグニスはパタパタと尻尾を振り、私とレッテリオさんの間を飛び回る。

私たちの言葉は、イグニスの気持ちを上手く包めただろうか？　ああ、この可愛い契約精霊を落ち込ませることのないよう、私も早く一人前にならなくては。だって、契約精霊と契約者の力は影響し合うものなのだから！

私がもっと立派な錬金術師になれば、イグニスの力を活《い》かすことができるし、いつかイグニスが思うような魔力の使い方もできるようになるかもしれない。

ふと気が付くと、一旦納得したようだったイグニスが、未練がましくサーバーの中を覗いていた。

「ん〜やっぱり〜住まないとだめなのかなぁ〜？」

確かにそうなのかもしれない。そこに精霊の魔力が影響するには長い年月が必要なんだろう。

……まぁ、出汁は出ないと思うけどね。


キッシュを平らげた騎士さんたちからお礼を貰いつつ、私は籠に残ったキッシュを簡易保存紙《ラップ》で包んでいた。門番役の騎士さんの分だ。

急な入場禁止命令だったので、それを知らずに迷宮を訪れる人がかなりいる。それにまだ迷宮内にいる採狩人《さいしゅにん》も少なくないので、魔術での出入口完全封鎖はできず、必ず誰かが門番に立っているそうだ。

「アイリス、この籠はあとで返しに行くね。差し入れをありがとう」

「いえ！　レッテリオさんがお腹空かせてたって聞いたので……皆さんに喜んでもらえて良かった

です」

「大喜びだよ！　こんなまともな食事を取れるとは思ってなかったからね。なあ、ランベルト？」

「ああ。いつか日常的にこんな食事をしたいものだな。アイリス、ヴェネスティ侯爵《父》への献上は私が上手くやるから、君は美味しい携帯食を頼むよ」

「はい！　私、新作も色々と作ってみようと思ってるし、改善点とか要望なんかもぜひ聞かせてください」

　ポーション効果付き……とはいえ、錬金術というよりお料理だけど、レシピを考えたりアレンジしたりすることが嬉しいし、とても楽しい。

　だって一人実習になる前は、決められた内容の調合を、決められたレシピでやっているだけだった。アレンジや独自レシピを試すことはまず褒められない。それが今はやりたいことを好きなだけ試すことができる。これは一人実習になったからこそ得られたことだ。

「レシピ改良も新作も、楽しみだなぁー……！」

　私は肩のイグニスをなでなで。ああ、浮き立つ気持ちが抑えられない！

「レッテリオ、やっぱり見習いとはいえアイリスも錬金術師だな」

「そうだね。錬金術師ってみんなこうだよなぁ……」

「さっきも、ちょっとポーション効果について聞いたらレシピの話が止まらなくてな……。イグニスの出汁のおかげで助かった」

「ああ」

　ランベルトさんのぼやきにレッテリオさんが苦笑する。大きく頷いて……なんだか力がこもってる？

「――アイリスは特にそうかもね。記憶している【レシピ】の量も半端じゃないって聞いてるし、引き出しが多すぎるのかな。術師イリーナですら驚いていたよ」

# 2　乾燥スライムは砕けない

「えーっと……あ、あった。『星ノ藻《ほしのも》』と『玻璃立羽の羽根《はりたてはのはね》』！　やっぱりルルススくんはすごいなー」

帰宅して早々、私は迷宮素材の特殊な保存処理のために保管庫へ向かっていた。

ルルススくんによって長年の埃が掃き清められ、整理整頓された保管庫内は心地良く、お目当ての素材もすぐに見つけることができた。

「うん、保管庫に入れておいてもらったから鮮度は大丈夫だね」

保存紙《ラップ》にも包んであったし、とりあえずは問題ない。だけど完璧に保管するためにはもうひと手間が必要だ。

乾燥に弱い『星ノ藻《ほしのも》』は魔石を沈めた保存用の水槽に活け、『玻璃立羽の羽根《はりたてはのはね》』は、癒着や破損を防ぐため、一枚ずつ蝋《ろう》引き紙で包み【真空】の陣が刻まれた箱に仕舞った。

「よし、と。さー次はいよいよ『乾燥スライム』だ！」

私が作業部屋へ行くと、イグニスとルルススくんは『乾燥スライム』が入った大きな袋の中身を見て、うんうん唸《うな》っていた。

「どうしたの？　二人とも」

「あ～アイリス～……これぇ～」

「大量に運べるよう乾燥させたんにゃねぇ」

「うん。えっ、何か品質に問題でも出てる？　乾燥させちゃまずかったかな？」

「そうじゃにゃいにゃ。……これ、一回もどすんにゃよね？」

ルルススくんが自分の背丈よりも大きな袋を指さした。乾燥させてあるのでスライムの数は見た目の約三倍。

「うん！」

「もどしたら～部屋が埋まっちゃうよぉ～」

「アイリス、沢山欲しいからって持って帰ってきすぎにゃ～」

「大丈夫！　ちゃんと考えてあるんだから」

そう。私だって何も考えずに乾燥スライムにした訳じゃない。

教科書通りに保存紙《ラップ》を作るのならば、ルルススくんが言う通り、乾燥スライムはまず水に浸けて元のプルプル状態にもどす必要がある。それからスライムを細かくして型に薄く延ばし、乾燥させたら出来上がりだ。

だけどプルプルのスライムは、手作業では切りにくいので、風の魔術で粉々にしなくてはならない。

けれど私は風の魔術が得意じゃないし、風の精霊《シルフ》もここにはいない。

「今日はスライム、もどしません！」

「ええ～？　カラカラのまま作るのぉ～？」

「そう！　プルプルのスライムより、乾燥スライムの方が扱いやすいと思わない？　軽いし刃が滑《すべ》ることもないし……要は細かくして薄ーく延ばせれば問題ないと思うの」

基本の作り方とは違うけど、これなら風の魔術を使わなくても手作業で粉々にできる。

「確かにそうかもにゃけど……初めて聞く作り方にゃ」

「私もやったことはないんだけど……でも、素材の性質を考えると、この方がきめ細かい保存紙《ラップ》になると思うの。それに三人、流れ作業でやれば問題ないと思うし！」

――問題ない。

ああ、そう思った私が浅はかでした。教科書に載っているレシピには――いや、決まり事には何事にも意味があるんだと、あとで思い知ることになるなんて。


ガリッ。ゴリッ、ガリン！

丈夫な鉈《なた》でスライムを砕く（削る）が、思っていた以上に硬く、中々作業が進まない。密度が濃いのは高品質スライムの証だけど、砕く度に伝わる反動で腕が痺《しび》れてしまう。

「これ、大変すぎな……い？」

私は『乾燥スライム』を砕く手を止め、呟いた。

「んにゃ～果てしにゃいのにゃ～！」

カラン。乾燥スライムを放り出し、ルルススくんがペタリと床に倒れ込む。所謂《いわゆる》『ゴメン寝』ポーズだ。

「まだ一袋も～終わってないよぉ～？」

「そうだねー……」

私も刃こぼれしてしまいそうな鉈を置き、作業台に突っ伏した。

大きな盥《たらい》にはまだまだ粗い、砕きかけの乾燥スライムが山盛りになっている。粉にまでできたのはたったの十五匹分しかない。

一袋、約一五〇匹入りのスライム山の、まだ一合目だ。残りは三袋。

「気が遠くなりそう……」

「……そうにゃ。にゃあ、アイリス。これ、どこかの工房に作業委託してみたらどうにゃ？　ギルドに仲介を頼むといいのにゃ」

「作業委託かぁ……」

見習いの身分的には自分で作業するのが筋だけど……しかし眼前には、攻略し難い乾燥スライムの山。そしてジンジン痺れて疲労が広がる両腕。

「うーん……。でもギルドに頼むのも委託するにも……お金がかかるよ……ね？」

迷宮探索隊に携帯食を卸《おろ》すことは決まったけど、お金に余裕はまだない。自分でできることは自分で頑張った方が良いのではないか？　と、とても迷う。

「勿論にゃ。お金はかかるけど、優先順位と時間を考えにゃきゃと思うのにゃ。アイリスが今やらにゃきゃいけにゃいことはにゃんにゃ？」

「私が今やらなきゃいけないことは……スライムの処理と保存紙《ラップ》の製作。あと携帯食も作らないといけないし、試作も……スープとかも試してみたいんだよね……」

「アイリス～買い出しも行かないと～！　ごはんも材料も何もないよぉ～」

「あ！　そっか」

あれ？　こうして口に出してみると意外とやる事が多いかも？

「優先にゃのはどれにゃ？」

「……レッテリオさんとの約束。携帯食の製作です」

「そうにゃね！　商人も錬金術師も約束は大事にゃ！　まだ期日までに余裕はあるだろうけど、たくさん納品するものもあるんにゃし、余裕をもってやった方が良いと思うのにゃ」

確かにそうだ。保存紙《ラップ》は携帯食にも使うから作らなきゃいけないのは確か。でも携帯食の製作とは違って、全部私がやらなきゃいけない仕事ではない。

そう。今回の保存紙《ラップ》作りは、実習じゃなくお仕事だ。

「スライムの処理だけなら……そんなにお金かからないよね……？」

砕くところまでをお願いできれば良いのだ。きっと大丈夫。

保存紙《ラップ》は今回使う分だけを作ることにして、残りはまた時間があるときにコツコツ作れば良い。それに細かく砕いてあれば、このかさばる乾燥スライムも保管しやすいし、保存にも問題ない。良いことだらけだ！

「……よし！　買い出しも兼ねて街に行こう！　依頼を出すなら早くしなきゃね！」

「やった～！　ぼくねぇ～オヤツがほしい～」

「ルルススもギルドで仲介をお願いしようかにゃ」

「え？　ルルススくんも？」

「そうにゃ。アイリスからもらった『高脚蜘蛛の糸《たかあしぐも》』で紐《ひも》を編んでもらいたいと思ってるんにゃ。これは縫製ギルドかにゃ～それとも組紐専門かにゃ？　商業ギルドで相談にゃね」

私は目を瞬《またた》いた。そうか。ギルドにも色々種類があるんだよね。

私のスライム処理は採狩人ギルド？　それとも商業ギルドを通して下処理をしてくれる工房に依頼するのかな？　あ、もしかして街の錬金術工房に依頼を出すことになったり？　スライムの下処理って基本的には見習いの仕事なんだよね。

そういえば……街の錬金術師もギルドに所属しているのだろうか？　私の知っている錬金術師は、王立研究院所属の先生たちか、故郷の村、唯一の錬金術師ガルゴール爺だったからあまり意識したことがなかったけど……？

「ね～ルルスス～くもの糸編んでどうするの～？」

「にゃ？　アイリスの髪留めの滑り止めと、飾りを付けた髪ゴムを作りたいのにゃ」

「あ、じゃあ先にコーティングだけしておく？　でも加工に出すならそのままが良いかな……？」

今回の糸は珍しい高品質だから、できるだけ劣化を防ぎたいと言っていたはずだ。

「んー今回はお試しにゃからそのままでいいにゃ！　加工に出さにゃい分だけはあとでコーティングをお願いするにゃ」

「うん、了解」

「あっ！　ね、ね～ルルスス～アイリスの髪留めにこれ付けてほしい～！　これぼくの魔石～！すっごくキラキラしたのが作れたんだぁ～！」

と、イグニスがパッと紅《あか》い魔石をいくつか出し、作業台へ転がした。

薄紅色、金赤、真紅……色味も大きさもバラバラで、一番小さい薄紅の石は胡椒の実くらい、一番大きい真紅の石は角砂糖ほどの大きさだ。

これはなかなかの大きさ……それに、すごい透明度！　『真紅』なんて深い色なのに、向こうが透けて見えている。

「んにゃにゃ！　いいにゃね……すごい魔力にゃ……！　イグニス、これどうやって作ったにゃ？」

私もそれがちょっと気になっていた。だって、これ程の輝きと色！　こんな高品質の魔石を作り出せるほどイグニスの魔力が高まっていただなんて、全く気付いていなかった。

「くふふ～さっきのキッシュがおいしくて～！　なんだか力が湧いてきたから固めたんだよ～！」

「……。にゃるほど？」

「え、キッシュ……？」

イグニス……そこは『迷宮に行って～力が上がったんだよぉ～！』じゃないの……⁉

乾燥スライムのサンプルをリュックに詰めて、私たちは街の商業ギルドへ向かった。

「あ、よかったそんなに混んでない」

街にもギルドにも、開門直後だった前回のような混雑はなくホッとした。これなら買い出しまで問題なく済ませることができそうだ。

「ルルスくんは糸の職人さんか工房を紹介してもらうんだよね？」

「そうにゃ！」

「それじゃ私が相談するついでに……」

さて、相談はどこに……と職員さんを探し見回すと、受付カウンターの女性と目が合った。

あ、もしかしてこの前の……と思ったその瞬間、彼女は開閉式のカウンター板をバタン！　と跳《は》ね上げてこちらへ駆け出してきた。

「えっ」

「んん～？」

「にゃんにゃ？」

「あの！　森の錬金術師さん!!」

ガシッと、力強すぎる握手で両手を掴《つか》まれ嫌な予感が頭をよぎる。

――もしかしてあのとき渡した『蜂蜜ダイス』……？

「この前は、ご馳走様でした」

ニコッと微笑むその瞳は、やけにギラリと煌《きら》めいていた。


「お茶もなくてごめんなさいね」

「いえ……」

私たちが通されたのは商業ギルド二階の小さな部屋。いつもは商談などに使われているらしい。

「アイリスぅ～……だいじょうぶ～？　ぼくレッくん呼んでくるぅ～？」

「レッくんは迷宮にゃ。無理にゃ」

うん。それにレッテリオさんを呼んでも何も変わらない。これは気軽に蜂蜜ダイスをあげてしまった私のミス。工房の見習い錬金術師として、私が対応するのが当然だ。

「単刀直入だけど、これ」

彼女——確か名前はエマさん。エマさんはポケットから二枚の紙切れを取り出し、テーブルの中央に置いた。

「……これが何か？」

私は「ああー！」という叫びを胸に抑え込み、ニコリと微笑み返して言った。

——悪い予感は当たるものだ。これは蜂蜜ダイスの包み紙。しかも色は……黄色と、赤！

ああー！　もう、嘘!!　赤ー!!　なんでよりによって赤色の包み紙……！

黄色の包み紙だけだったら良かったのに……！

黄色は前に作った普通の蜂蜜ダイスだ。でも……赤は！　赤色の包み紙はイグニスと作った【ポーション蜂蜜ダイス】だ……!!

「とっても美味しかったわ」

ああ、ニッコリ笑顔だけど目が笑ってない……！

「よ、よかったです！　今日はお元気そうですし、ほんと……」

「ええ、お蔭様で。この前もね？　錬金術師さんに頂いた蜂蜜菓子を食べたらすぐに元気になったのよ？　空腹と疲れでフラフラだったのに――まるで【ポーション】を飲んだときみたいにね」

ヒクリ、装った笑顔が引きつった。これは……完全に勘付かれている。

「わーそんなお菓子があったら良いですよね。でも、私の蜂蜜菓子はただのお菓子ですよ」

――黄色の包みの方は、だけど。うん。嘘は言ってない。

「……そう？」

エマさんは私の目をジッと見つめた。

「はい。あれは何時間も研究調合しっぱなしで寝食を忘れるような錬金術師専用の、栄養価の高い携帯食にもなるお菓子だから……。だからきっと、すぐに元気になったんです、よ！」

うん。これも嘘じゃない。

「アイリスぅ～……」

「商人には向いてにゃいのにゃ」

イグニスとルルススくんがボソリと呟いた。

私もそう思う。普通の蜂蜜ダイスだと言いたくて、つい言葉を羅列してしまった。まるで後ろめたいことがある人の見本のようだったとも思う。

失敗しただろうか。ああもう、ドキドキと心臓がうるさい。

――ううん、でもきっと大丈夫、きっとバレやしない。

だって、食品に【ポーション効果】を付与するのは無理というのが古くからの定説。商業ギルドの職員さんなら、そんな当たり前のことを知らないはずがない。

「……私ね、薬種を扱う商家の娘なの」

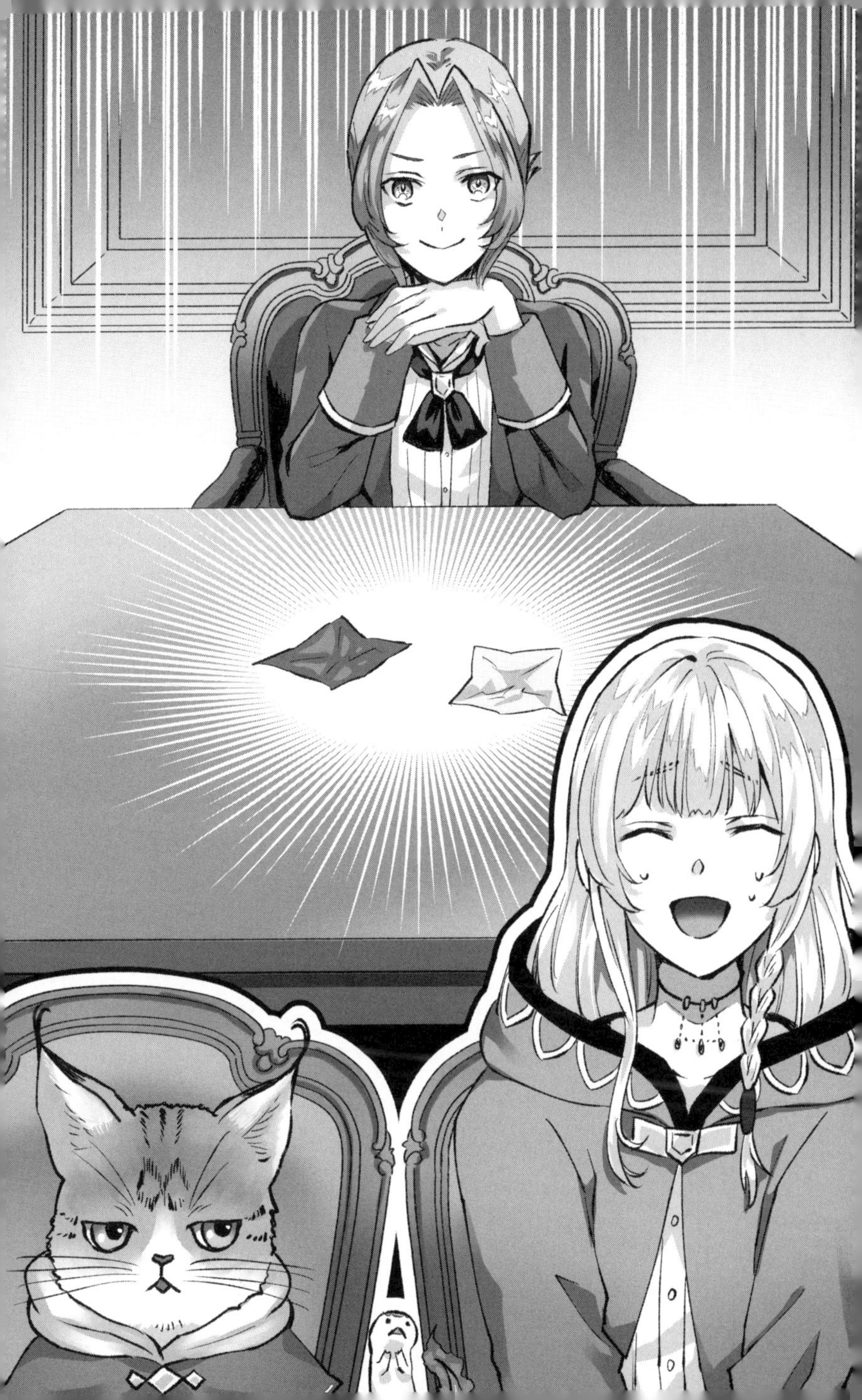

コトリ。

エマさんが再びテーブルに置いたのは『蜂蜜ダイス』。

「だから薬草や薬の味、香りや効果なんかにもすごく敏感でね？　二つ目を食べて気のせいかとも思ったんだけど……気になったから一つはとっておいたの」

ああそうだ。そういえば三つあげたんだったっけ。ポーチから適当に取って渡したから、包み紙の色も数も覚えてなんていなかった。

「アイリスさん。どう？　私の気のせい？」

私はこちらを窺う彼女の目を受け止め、ただ返す。

「それともこれ……調べてみても良い？」

……調べる？　そんな手間をかけてまでこの『蜂蜜ダイス』の秘密を知りたいのか——いや、そうだった。知りたいはずだ。【ポーション効果】が付与された食品が発明されれば、食品、薬種、様々なところに影響が出るだろう。見習い錬金術師の私にだって、ちょっと考えればそのくらいは想像できる。

となれば、商業ギルドの、それも実家が薬種を扱う商家のエマさんならば、これの価値と影響力を理解しているのだろう。きっと私よりも正確に。

「……調べるのは構いません。でも、これは普通のお菓子ですよ？」

私はそう答え、そっと目を伏せた。

——ああ、三個目の蜂蜜ダイスがこれで良かった……！

そう心の中で偶然に感謝して、だ。

「え……いいの？」

戸惑ったような動揺したような、そんな風にエマさんの瞳が一瞬揺れた。

お？　これは誤魔化せたかな？

「……ねえ、それにあなた、錬金術師ギルドとか薬種ギルドに所属はしてる？」

「え？　いえ、まだ見習いなので特には……」

試験に合格して就職した後なら、どこかに所属することもあるだろうけど……？

——錬金術師ギルドか。あまり考えたことはなかったけど、先生たちは王立錬金術研究院所属だし、故郷のガルゴール爺は町場の錬金術師だけど……どこかのギルドに登録しているのだろうか？

元研究院の講師だって言ってたから、ガルゴール爺も研究院所属のままかもしれない。

「うーん……誤解があるといけないからハッキリとお話しするわね。私はこれを横取りしたいって言ってるわけじゃないの。でも、もしあなたに売る気があるならば、私はこれを買い付けたいと思ってる。もっと言えば、できれば私に協力させてもらいたい。開発費や流通させるための全てに投資したいと思っているの」

「えっ」

「あのね？　ギルド未加入者のトラブルはすごく怖いの。特にお金になる薬種は厄介よ。——場合によっては身の危険だってあるの」

そう……なのか。

私は目をまたたき絶句した。これは……本当に私の考えが甘かったのかもしれない。

テーブルに置かれた包み紙と蜂蜜ダイス。こんな小さな、私の思い付きで作ったこれが、そこまでの物だったとは。

ああそうか。バルドさんが「このことは秘密にしておいた方が良い」って言っていたのは、業界が大騒ぎになるってだけでなくてそういう心配もあったからだったのか。

――だから、領主様にまで献上するんだ。

騎士団の一部である、迷宮探索隊の携帯食に採用するから一番上の人にも報告をするんだろうな……くらいに思っていたけど、それだけじゃなかったんだ。レッテリオさんは、先生やギルドの代わりに、私を守るための盾《たて》を用意してくれようとしていたんだ……。

「どう？　アイリスさん。この蜂蜜菓子のことを私に教えてくれる気はある？」

「それは……」

無理だ。できない。

エマさんは私を心配して忠告してくれているのは分かる。でも、それだけじゃないのも分かっている。彼女は商人だ。

この【ポーション蜂蜜ダイス】に商機を見出した。だからこその忠告であり、助言。協力の申し出だ。

――これから領主様へ献上する予定なんだもの。先に誰かに知られてしまうのは絶対に良くない。

それに、私は今これを売り出す気はない。自分の分と迷宮探索隊の分を作るだけで精一杯だ。

だから、答えは決まっている。

「でもエマさん。教えるも何も、これは美味しくて栄養満点な、錬金術師特製の蜂蜜菓子ですよ」

そうなのだ。嘘じゃない。

だってエマさんが出した切り札――この黄色い包み紙の蜂蜜ダイスは、ただのお菓子なのだから！

「調べてもらっても構いません。でも、調べ終わったら食べてくださいね？　お湯に溶かして飲んでも美味しいですよ」

ただのお菓子だから、調べられたところで何も出てこないもんね。

エマさんは私の目を覗き込んでから、「ハァ」と溜息を吐《つ》いた。

「……分かったわ。変なことを言ってごめんなさい。――うん。この蜂蜜菓子って美味しいわよね。本当に売ってもらえるなら買いたいくらい」

蜂蜜ダイスを口へポイっと放り込み、そう言った。良かった、疑いは晴れたみたいだ。

「あ、そうだ。アイリスさんも何か用事があったのよね？　私の話で時間を取らせてしまってごめんなさい」

「いえ。ちょっと相談があって……えっと、スライムの下処理をお願いできそうな工房を紹介していただけないかと思って……」

「スライム？　どんな下処理を？」

私は保存紙《ラップ》を作るつもりだということ、そのために乾燥スライムを細かく砕いてもらいたいということ、それから量が多いことも話した。

「紹介はできると思うけど……ねえ、保存紙《ラップ》作りなら、乾燥させるのは最後の工程よね？　スライムを先に乾燥させてしまうのは二度手間になるんじゃ……？」

「あ、作り方をご存知なんですね。その通りなんですけど――」

乾燥させた経緯と作り方を説明すると、エマさんは納得した顔をし「ちょっとこれ、下処理をする代わりに実験というか、研究をしてみても構いませんか？」と、逆にお願いを口にした。

商業ギルドは組合員の相談に乗るのも仕事で、エマさんは今、ある保存紙《ラップ》工房から作業効率と品質向上の相談を受けていたらしい。そこへ私の『あべこべな作り方をする乾燥スライムの下処理』依頼が飛び込んできた。

保存紙《ラップ》の品質は製作者の技量の他、主な材料であるスライムの品質、素材をいかに細かくし、薄く延ばせるかなどで決まる。それは錬金術を使わない安価な保存紙《ラップ》でも同様だ。私たち錬金術師は風の精霊《シルフ》の恩恵を受けて風の魔術で細かくするのがセオリーだけど、術師でない職人は手作業でそれをする。

魔石を動力とした粉砕機もあるけど、どちらにしてもプルプヨのスライムを粉砕する作業は骨が折れる。

だけど、乾燥させたカラカラパリパリのスライムならば――。

「これ、上手くいけばこの乾燥製法を売ることで、依頼料をかなり割引できると思いますよ」

「えっ！　割引⁉」

それは有難い……！

「んにゃっ？　割引？　製法を売るんにゃら、もっと儲《もう》かる売り方もできるのに？」

割引という言葉に浮かれた私を横に、ルルススくんは耳とヒゲをピンと立てて会話に入ってきた。

エマさんは一瞬グッと息を呑《の》んだが、すぐにニコリと笑顔を返して再び口を開く。

「まだ詳細な製法は確立されていませんよね？　本当に高品質の保存紙《ラップ》が出来るのか、効率はどうなのか、どこまで細かくするのが最良なのか、素材の配分はどうなのか……。その実験も検証も、下処理をする工房がしなくてはなりません。私は、アイリスさんが持ち込んだのは、あくまでもアイデア未満の切っ掛けと判断しました。どうでしょう？　アイデアに対する対価ならば、割引で十分ではないでしょうか」

「んー……そうにゃか？　アイリスはどう思うにゃ？」

「うーん……」

ルルスくんの言うこともエマさんの言うことも分かる。商人としての立場と目線の違いで意見が食い違っているのだろう。

そう。二人は商人なのだ。商人だから技術や製法に値段を付け、その価値を測るのだろう。でも私は商人じゃない。錬金術師未満のただの見習いだ。そりゃ錬金術師にとっても技術や製法は大事だし、門外不出なんてものもある。だけど私個人としては――知識は共有したいと思うのだ。

私の頭には沢山の、有象無象の【レシピ】が書き込まれている。だけど私は五年目の見習い錬金術師で、知識があっても技術がなく、それを活かすことができないでいる。

知識を持っているだけでは宝の持ち腐れだし、知ったからといって誰でも上手に扱えるものでもない。

それに、今回のことは偶然の産物だ。

スライムを乾燥させたのも、沢山獲れたのも、依頼相談をしたのもエマさんが保存紙《ラップ》工房から話を聞いていたのも、全部がただの偶然であって、私は特に努力も何もしていない。

スライムを乾燥させることが、保存紙《ラップ》の製作にどのように、どこまで役立つかなんて考えていなかったのだ。気付いていたり、そこまで考えていたなら、私だって最初から「製法を売るので協力してくれる工房を紹介してください」と言ったと思う。

だから、答えは決まっている。

「保存紙《ラップ》工房で実験と検証をしてもらってください。エマさんが紹介してくれる工房なんですよね？　信頼してお任せします」

ニッコリ。私は笑ってそう言った。

能天気な私でも、これくらいは分かっているしできるもんね！　エマさん——商業ギルドが取り持つんだから、下手な工房じゃないよね？　組合員がお任せするんだから損をするような取引にするわけないよね？　と、そういうことだ。

「にゃっ！　待つにゃ、ルルススにも工房の紹介をお願いしたいのにゃ！　紹介料はサービスで良いと思うのにゃ！」

エマさんは快く了解です！　と言い、二人はニンマリ笑顔で握手を交わした。

「わー二人ともいい笑顔……」

商人の含みのある笑顔と駆け引き……作ることが大好きな錬金術師には分かりません！

「では早速。今回のお仕事をお願いできそうな工房をご紹介しますね。保存紙《ラップ》工房の老舗《しにせ》で、引退した宮廷錬金術師さんが設立した『ツィツィ工房』さんなんですが……ご存知ですよね？」

「えっ」

勿論知ってる！　街にあまり来たことのない私でも知っている有名な工房だ。むしろ知らないはずがないレベル。都会であるヴェネトスには様々なメーカーの保存紙《ラップ》が売ってるけど、大都市以外では保存紙《ラップ》といえば『ツィツィ保存紙《ラップ》』を指すくらいの大手工房。

「さあ、割引でお話をつめていきましょうね」

「だから言ったのにゃ。ツィツィにゃんて超大手にゃんだから、先を考えたらもっと貰ってもいいのにゃ！」

呆《あき》れ半分、お怒り半分のルルススくんにそう言われると、確かに……この条件で良かったのだろうか？　とも思ってしまう。

「……エマさん？」

本当に大丈夫？　私が損をしてたりしないよね？　と、エマさんに目で訊《たず》ねてみる。

「大丈夫ですよ。あちらも有名な工房ですし無茶はしません。それに、色々な工房から新人の見習いさんを預かって育てている、育成にも力を入れている工房です。信用にも関わりますし、見習い錬金術師さんに損をさせるような取引はしないはずです」

言い切ったエマさんを信用するしかない。どちらにしても、私に交渉は向いてないしそこはプロに任せよう。

とにかく私は、乾燥スライムを粉々にしてもらえれば良いのだから！

そして話し合いの間、ずっと静かだと思っていたイグニスはというと――。

「んん～？　あ～おはなしおわったぁ～？」

私の頭の上で熟睡してました……。

「も～おはなし長いよぉ～」

「ごめんね。あ、じゃあお詫《わ》びに……あとで甘いものでも食べに行こうか！」

「いく～！」


今日の買い出しは日々の食事用と、新しい携帯食の開発も考えて……何か良さそうなものがないか下見をしようと思う。

「小麦粉とオリーブオイルは配達してもらって、塩と砂糖も配達で……あ、でも調味料はちょっと見て行こうかな？　あとはえっと……保存食のお店も覗いてみたいな」

私は買い出しメモを見ながらお店を巡る順を考えていく。今日はヴェネトス中央市場でお買い物なので、順番を考えないと後で大変なことになる。

ヴェネトス中央市場は、屋根のある大きな二階建ての屋内型市場で、広場を中心に東西南北に道が走っている。店は扱う物別にそれぞれ区分けされていて、考えて回れば効率良く買い物できるが、考えないで回るととても時間がかかるのだ。一階は主に店舗、二階は食堂街になっていて、夜まで人で賑《にぎ》わっているらしい。

そういえば前にレッテリオさんが、美味しい魚介類を出すお店に連れて行ってくれるって言ってたけど……早く連れて行ってもらおう！

山育ちの私は海のお魚料理にはあまり馴染みがないので、ヴェネトス近郊の海で採れた海鮮料理のお店には興味津々だ。【レシピ】でどんなお料理があるのかは知っているけど、食べてから作るのと、レシピだけで作るのではきっと違うと思うんだよね！

「どこから回ろうかな……」

必需品は先に済ませてしまおう。調味料は近くの通りなので、そこからスタートだ。となると次は青果通りだけど、試作品と日々の食事に使う程度なら、工房周りで採れる分でまだ足りそうだ。

「あっ、そうだ。森から移植した赤茄子《トマト》の具合も見なくちゃ。上手く根付いてたらもっと増やして携帯食作りに使いたいし……」

「アイリス～お肉は～？」

「そうだね。もう残り少ないから買わないと……」

そしてたまにはお魚も食べたい。と、私はチラリと二階を見上げる。今の時期はどんなお魚があるのだろう？

「お魚《さかにゃ》料理にゃら、二階で持ち帰り用も売ってるにゃよ」

「えっ、そうなんだ！　じゃあ最後に買いに行ってみようかな……！」

「ところでアイリス、ルルススは『高脚蜘蛛の糸』の加工依頼をしてきたいんにゃけど、別行動してもいいかにゃ？」

「あ、うん！　それじゃ後でどこかで待ち合わせしよっか。えっと……」

「ふくちょーのとこ～！　ルルスス『金《きん》の斧亭《おのてい》』ってしってる～？　お肉とスイーツが美味しいんだよ～！」

「知ってるにゃ！　前にお魚《さかにゃ》を売ったことがあるにゃ！　美味しくて良いお店にゃ！」

ルルススくんとは昼三刻半の鐘が鳴った頃に『金の斧亭』で落ち合うことにして……私はお店巡りスタートだ！


「うーん。やっぱり木の実《ナッツ》は品薄かぁ」

それに思った通り値段が高い。扁桃《アーモンド》は夏から秋にかけて、胡桃《くるみ》もその他の木の実《ナッツ》類も秋以降が旬だ。だから初夏の今は一番高い時期……。

「ううーん……」

「お姉さん、木苺《ベリー》はどうよ？　どっちも木になる実だよ！」

店のおじさんが試食してみ！　と樽《たる》に山盛りの、色とりどりの木苺《ベリー》を勧める。

「アイリス～これ甘いよぉ～！　おじさんの木苺《ベリー》はすごいねぇ～！」

「お？　おおっ？　アンタ精霊さんか！」

尻尾を振り木苺《ベリー》をべた褒めする見慣れぬ精霊に、店主は目を見開き驚いているが気分は良さそうだ。

私もツヤツヤの王様木苺《ベリー》を一つ試食してみる。普通の木苺《ベリー》の倍の大きさがあるこの王様木苺《ベリー》は、工房の森ではまだ採れない、人工的に作られた品種だ。

「いただきまーす」

あーん、と大口を開けて一口でパクリ！　あ、しまった。口の中がいっぱいになってしまってうまく噛《か》めない！　何とか舌で押し潰そうとしても全然無理。

私は仕方なく、ちょっと口を開け奥歯で齧ると……プツリ！　と実が弾け、途端に甘酸っぱい果汁の味と香りが口内に広がった。

「うわぁ……美味しい……！」

イグニスが絶賛するはずだ！　これはきっと、他の木苺《ベリー》類にも期待ができる。

「今年は良い出来だし豊作でね！　お勧めだよ！」

これは確かにお勧めだろう。さてお値段は……と横目で確認してみると、山盛り一籠で一五〇〇ルカ。

えっ、安い⁉　この品質なら二五〇〇ルカしたっておかしくないのに！　これは買いだ！

「おじさん！　この王様木苺《ベリー》一樽くださいい‼」

「は⁉　一籠じゃなくて⁉」

「はい‼　あ、配達お願いします！」

「やった〜〜！　アイリス、王様木苺《ベリー》でなに作る〜〜？」

「ふふっ。蜂蜜ダイスの夏限定版を作っちゃおうと思います！」

そう！　秋の木の実が高いなら、今の時期にたくさん採れる木苺《ベリー》類や柑橘《かんきつ》類で作れば良い！

木の実とはちょっと栄養価は変わってしまうけど美味しいし、レッテリオさんが欲しいのは『美味しくてポーション効果が付いているもの』だから問題はない。

もしレッテリオさんに採用されなかったとしても、王様木苺《ベリー》はジャムにしても良いし、ソースに使っても良い。更に言えば、素材として薬にも染料にもできる万能素材。だから沢山あっても大丈夫。

「ね～～アイリス～？　でも～蜂蜜が足りなくないかなぁ～？」

「そうなんだよねぇ……。いま工房にある分だけじゃ絶対に足りないよね」

大地の精霊《ノーム》との契約がない今、森から蜂蜜を頂くのは難しい。それに森の恵みは大量には無理だ。だから工房では、薬の素材用としては森で採れた蜂蜜を、お料理用には養蜂家さんと契約して買った蜂蜜を使っているのだけど……。

「夏の納品は二ヶ月先だし、先の注文もその時にするしかないし……」

さて、どうしよう？

溶かすことができて、しっかりと固まって、甘くて栄養価が高いもの――。

「あ、チョコレート……使えないかな？」

「こんにちはー」

久しぶりなのでちょっと緊張しつつ扉を開けた『金の斧亭』は、ランチとは違う落ち着いた雰囲気だった。

「いらっしゃい……お、アイリスか」

「あら、アイリス？　イグニスも！　いいところに来たね！」

出迎えてくれたのはバルドさん、厨房《ちゅうぼう》から顔を出したのはカーラさんだ。そうか、もうカフェタイムだから、二人の持ち場が逆になってるんだね。

「お待たせしました。ゆっくり食べてくれ」

「わ～い！　待ってたよ～！」

バルドさんが運んできてくれたのは、さっきイグニスと約束した待望の甘いもの！　ヒンヤリ冷やされたお皿の上に乗っているのは『ガトーショコラの黄金柑《ゴールデンオレンジ》ソース添え』だ。

「いただきます！」

黒に近い、艶《つや》やかな焦げ茶の真四角に、ゆっくりフォークを落とせば伝わってくるその質感。じんわりと、染み込むように落ちていく。

あああ、チョコレートがスポンジに密に練りこまれている……！

「んん～！」

舌に乗せればチョコレートが熱で蕩け出し、そして広がるその味と香り……！

ほんのり香るお酒の風味と、焦げ茶の断面に見え隠れする黄金色――削られた黄金柑《ゴールデンオレンジ》の皮だ。柔らかく皮ごと食べられる黄金柑《ゴールデンオレンジ》は、口の中に残ることなく、しっとりしたスポンジとよく馴染んでいる。

「美味しいぃ……！」

私は小声でそんな悲鳴を上げた。ああ、あまりにも美味しいものを食べると声が出なくなるのは何故だろう！

「おいし〜よ〜！　カーラ〜！　甘くてすっぱくて〜あま〜い‼」

「でしょ⁉　この夏の自信作なの！」

カウンターからこちらを覗くカーラさんは満面の笑みだった。


時刻はもう少しで昼三刻半の鐘が鳴る頃。ルルスくんもそろそろ来るだろう。『金の斧亭』のカフェタイムは、ランチタイムほどは忙しくないようで、給仕役のバルドさんは私の向かい側でのんびりと珈琲《カッフェ》を飲んでいる。

「ああ美味しかった……！　バルドさん、このチョコレートってもしかして……」

その珈琲の香りに「もしかして？」と訊ねてしまった。

「ん？　ああ、迷宮産じゃあない。珈琲ならいざ知らず、加加阿《カカオ》なんざ自分で加工はできないからな」

ああ、やっぱり。ニヤと笑いながら飲んでいるその珈琲は迷宮産なんですね……と私は微笑み返す。

「錬金術師なら加加阿の加工も簡単だと聞くが……加加阿が欲しいのか？　それともチョコレートか？」

「チョコレートの方が有難いですね。加加阿の加工はやったことがないので……」

でも今、実はチョコレートの生産は、錬金術師の新しいお仕事として定着している。

チョコレートは元々、海向こうの国から『チョッコラータ』という珍しい薬として入ってきた飲み物だった。そして原材料の加加阿も、加工済みのカカオマスもチョッコラータも、錬金術で加工できるようになるまでは宝石並に高価だったらしい。

だけど、それも今は昔。国内では更に高級、高品質な迷宮加加阿《カカオ》が発見され流通し始めた。次いで錬金術での加工技術が発達・発展し、かつては高価だったチョコレートも、見習いの私でもちょっとの背伸びで手が出せるお値段になっている。

「どれくらい欲しいんだ？　もしかしてレッテリオが注文してる携帯食に使うのか？」

「はい。でもまずは試作からなんですけど……」

「それならうちの在庫を分けてやろう。材料としてのチョコレートは箱単位でしか買えないからな。まだ試作段階なら板が二枚もあれば良いんじゃないか？」

「……板？」

「知らないか？　材料としてのチョコレートは板状に加工してあるんだ。小売はしてないから、一枚が俺の掌十二枚分くらいの大きさだな」

大きいし重そうだ。それに……。

「チョコレートもまずは砕かなきゃかー……」

たっぷり付けた黄金柑《ゴールデンオレンジ》のソースは、ほんのりと酸っぱかった。

「ねぇ、ね〜アイリス〜！　これちょっと〜使ってみてもい〜い？」


「ね、ね〜カーラ〜！　黄金柑《ゴールデンオレンジ》はケーキの中に入れないの〜？」

「んー、生のまま入れると焼いたときにおかしなことになるし、乾燥果実《ドライフルーツ》だとちょっと硬くて口の中に残っちゃってね？　だから皮だけ入れたの。香りが立って美味しかったでしょう？」

「うん〜！　皮もおいしいんだね〜！　でも〜そっか〜……」

イグニスは口についたチョコをペロッと舐めて、カーラさんが持つ黄金柑《ゴールデンオレンジ》にふよりと飛んで近寄った。

「ね、ね〜アイリス〜！　これちょっと〜使ってみてもい〜い？」

「ん？　何するの？」

「ちょっと〜やってみたいことがあるんだ〜！」

イグニスは黄金柑《ゴールデンオレンジ》をペシペシ叩き、なんだかとってもヤル気だ。

「えっと……お店の中で精霊が力を使っても大丈夫ですか？」

「構わない。なんなら籠ごと好きにしていいぞ」

バルドさんはキッチンから黄金柑《ゴールデンオレンジ》の入った籠を持ち、カーラさんもニコリと笑って頷く。

「それじゃやるよ〜！　んんん〜……——ごーるでーん！」

妙な掛け声と共に赤い光が店内を照らし、黄金柑《ゴールデンオレンジ》の籠にキラキラと降り注ぐ。すると広がったのは、柑橘独特の甘酸っぱく瑞々《みずみず》しいその香り。

「あ、で〜きた〜！　ねぇねぇカーラ〜！　これならどうかなぁ〜？」

「できたって……ん？　これ、どうなってるの!?」

カーラさんは黄金柑《ゴールデンオレンジ》を摘んで指で割ってみた。

元々が小ぶりで皮まで柔らかい黄金柑《ゴールデンオレンジ》だから、女性が素手で割っても驚くことはない。だけど、普通ならプシュッと飛ぶだろう果汁はなく、じわり……といった様子で果肉が顔を出したのだ。

「えっ」

私も割られた果実を覗き込み、そしてご機嫌で頭上を飛び回っているイグニスを見上げた。

「これなら～硬くないかなぁ～って～！」

えへへ～と笑い胸を張り、一回転して黄金柑《ゴールデンオレンジ》の上に飛び乗った。イグニスは出来立ての――なんだろう？　これ？　半生乾燥果実《はんなまドライフルーツ》？　に齧り付いた。

そしてそれに倣《なら》ってカーラさんも一口。

「うん……美味しい！　まったく……これじゃあ夏の新作ケーキは作り直しじゃない？」

「ええ～また新作～⁉　やった～ぼく食べにくるよ～！」

イグニスが作ったそれを、私もそっと手に取って割ってみた。果汁が飛び散るようなことはないが、柔らかくて瑞々しさも失っていない。

そっと歯を立ててみると「じゅわぁ」と、静かに果汁が染み出してきた。粒の中に液体が満たされているのではなく、粒自体に染み込み凝縮されているような食感だ。

「生じゃないけど半分乾燥されたような……でもしっとり感もある……」

これ、面白い……！　まるで【コーティング】しているみたいに果汁が閉じ込められてる！

「イグニスってば、さすが！　お料理上手な炎の精霊《サラマンダー》！」

「んん～！　ぼく褒められてうれしいけど～びみょうなきもち～！」

「んにゃっ？　にゃんにゃのにゃ⁉　イグニスの魔力の残滓《ざんし》があるのにゃ！　にゃにをやったんにゃ〜？」

三刻半の鐘から少し後。ルルススくんは鼻をくんくんさせて『金の斧亭』の扉をくぐったのであった。


「んにゃ？　アイリスそれはにゃんにゃ？」

「チョコレート〜作るんじゃなかったのぉ〜？」

今日の作業はキッチンではなく、まずは錬金術の作業部屋から。

「作るよ！　でもその前に……チョコレートの型を作ろうと思います！」

「型？　にゃんにゃ……錬金術じゃにゃいにゃか」

「やっぱり今日も……ぼくお料理に炎を使うんだねぇ……」

残念顔のルルススくんとしょんぼり顔のイグニスを横目に、私は素材を並べて「ルルススくんの髪留めが楽しみだなぁ」と思いながら髪を結んだ。

最初は『チョコレートの携帯食』にも『蜂蜜ダイス』用の型を使おうかと思ったのだけど、あれは長細い金属製で、固めた後に一口サイズに切り分ける作業が必要となる。飴《あめ》のように固まる蜂蜜なら問題ないけれど、それよりはもろいチョコレート。多分、切り分けるときに欠けてしまうと思う。

「だからね、保存紙《ラップ》をもっと分厚くしてそれで型を作ろうかなー……って！」

これはルルスくんと、失敗上保存紙《ラップ》を使っていたときに話していたことがヒントになっている。

なにも保存紙《ラップ》にこだわらなくても良い、今あるものを使いやすいように作り変える——〇《ゼロ》からの創造だけでなく、それも錬金術の姿なのではないかと思ったのだ。

「金属の型だと切り分けだけじゃなくて、剥がすのにもコツがいるでしょ？　だからこうやって……」

私は手作業で砕いたスライムを、縦二十センチ、横三十センチの長方形の木枠に薄く敷き詰めた。そして硬度を調整するいくつかの素材を混ぜ入れ、その上から迷宮で採取した『玻璃立羽《はりたては》の羽根の粉』を振りかけて混ぜる。

「この粉きれいだねぇ～キラキラの型ができそう～」

「そうだね～少しだけキラキラするかな？　『玻璃立羽の羽根』には【固定】の効果があってね、決められた形を変えたくないときなんかに使うんだよ」

普段はインクの定着に使用している『玻璃立羽の羽根』だけど、こんな応用もできるのだ。最近は化粧品にも使われていて、工房実習で作ったラメ入り爪紅《マニキュア》は【固定】のおかげで、もちも良く先生も愛用していた。

「それから水を八、蝶の甘水《あまみず》を一、塩を一……よし。イグニス、これ溶かしてくれる？」

「はいは～い！」

熱せられプルプルになったスライムに、私は長さ十センチ、直径一・五センチほどの四角柱を等間隔で沈めていく。これは片手で手軽に持って食べやすそうな大きさを想定している。

ちょっと仕掛けを考えているのでサイコロ状でなく棒状にしたのだけど……迷宮探索隊の騎士たちにはどうだろう？　どちらが良いかは試食してもらって確認するしかない。

「わ、スライムってこんにゃに早く固まるにゃか！」

「うん、これはね。だから急がないと……！　イグニス、砂時計ひっくり返して～！」

「はいは～い～！」


チリリリリン！

シュワシュワの玉檸檬水《たまレモンすい》ソーダで一息ついた頃、刻告《ときつ》げの砂時計が鳴った。

「うん。いい感じかな」

スライム素材の良いところは加工しやすいところだ。熱すれば溶け、柔らかさを保ったまま固めることもできる。今回は早く固まる素材を調合したので、本当にすぐに固まった。

私はスライムを木枠ごと逆さにし、トン！　と作業台に叩き付ける。すると型取り用の四角柱がコロリと外れた。

「うん、穴はなし。弾力もあるし……良さそうかな？」

木枠を外しグニグニと手で潰してみたり、折り曲げてみたりして、強度と柔軟性を確かめてみる。

今の時点で特に問題はなさそうだ。

「さて、あとは仕上げ！」

私は意識を集中し、チョコレート型に魔力を薄く延ばしてコーティングを施す。

これをやっておくとチョコレートを型から外しやすくなるのだ。ひっくり返すだけでコロンと取れるようになるはず。ついでに匂いも汚れも付きにくくなるので、高級な食器はコーティング済のものが多い。

「できた……！　じゃあさっそく試作！　チョコレート菓子を作ってみよう！」


「イグニス、お願いします！」

キッチンの作業台には、黄金柑《ゴールデンオレンジ》と今日届いたばかりの王様木苺《ベリー》、そしてバルドさんから分けてもらったチョコレート。

「はいは〜い！」

イグニスの楽しげな声と共に、食材を赤い光が包み込む。

すると見る見るうちに、果実は『金の斧亭』で見た半生の乾燥果実《ドライフルーツ》に。大雑把に割っただけのチョコレートは、ボウルの中でトロリと溶けた。

「あっという間にゃね！　また砕く作業がなくて良かったにゃ！」

「ほんと！　イグニスのおかげでチョコレート加工が楽で有難い〜！」

「えへへ〜！　ねえアイリス〜これ〜チョコレートに入れるの〜？」

「そう！」

半分だけ乾燥させた黄金柑《ゴールデンオレンジ》と王様木苺《ベリー》。これならあの瑞々しい食感と新鮮さも存分に楽しめる。迷宮や遠征中の楽しみにもきっとなる。

そして私とルルスくんは作業台に並んだ。私はチョコレートを型に流し込む係、ルルスくんはそこに黄金柑《ゴールデンオレンジ》と王様木苺《ベリー》を落としていく係だ。

ああ、チョコレートの濃厚な香りと果実の甘酸っぱい香りが、もう既に美味しそう！

「でもアイリス、これチョコレートの携帯食にしてはちょっと水分が多くにゃい？　ちゃんと固まるにゃ？　それに保存大丈夫にゃか？」

「ふふっ、普通は無理かもしれないけど、炎の精霊《サラマンダー》と錬金術師が作る携帯食だから大丈夫！」

そう。私も最初はそこを心配した。チョコレートは水分が入るとうまく固まらないらしい。だけどイグニスが作った半生乾燥果実《はんなまドライフルーツ》は、どういう訳か表面はしっかり乾燥していて、水分はその中に閉じ込められているので問題はない。それに保存についても、錬金術師のやり方で長持ちするように作れば良い！

「蜂蜜ダイスは元々ただのおやつだったから、普通に蝋引き紙で包んでたでしょ？　でも保存を一番に考えるなら、【品質保持】付きの上保存紙《ラップ》で包んでも良いし、むしろ包むことをやめて魔力コーティングしてしまっても良いかな？　って」

「コーティングは良いにゃね！　チョコレートは溶けやすいし夏には向かにゃいにゃ～とも思ってたんにゃけど、それにゃら温度変化にも強いにゃ！」

「ね！　コーティングしちゃえば溶けないし保存期間も長くなるし……味も品質も保存紙《ラップ》よりも保てるし、食べるときにも便利かなって思ったんだよね」

話しているうちに作業は終わり、再びイグニスが砂時計をひっくり返す。このまま保冷庫に入れて冷やして固めるのだ。

「にゃあにゃあ、アイリス、コーティングが食べるときに便利ってにゃんにゃ？」

「ほら、遠征や迷宮での探索中って、どんな環境でどんな状況かも分からないでしょう？　包み紙なしのコーティングなら片手で簡単に食べれると思って！」

「それ〜いいねぇ〜！　アイリスたちの片手サイズって〜ぼくには大きいからさぁ〜。抱えてもベタベタにならないの嬉しいなぁ〜！」

そうだ。コーティングしてあれば溶ける心配もないし汚れも付かないのだから、袋にそのまま入れちゃっても良いかもしれない。

それなら片手で取り出せて、どんなときでもすぐに口にできる。だってコーティングを剥がす魔力なんて、舌先でチョン！　で十分だ。

「ねぇ〜アイリス〜このチョコの名前は何にするのぉ〜？」

「んー……蜂蜜ダイスのチョコ版だから――あ、でもこれ四角じゃなくて棒状だし、ダイスじゃないよねぇ？」

「そうにゃねー……棒チョコ？　果実のチョコ棒？　んにゃにゃ、商品名は大切なのにゃ」

「んー……そうだ、試食のときにレッテリオさんに案を出してもらおっか」

私のネーミングセンスだと『チョコレート棒』くらいしか浮かばない。これはもう、レッテリオさんが何かオシャレな名前を付けてくれるのを期待しよう。

チリン、チリン。

「ん？」

私は作業の手を止め、顔を上げた。今のは刻告げの砂時計の音じゃなかった。これは玄関のベルだ。今日はもう配達予定はなかったはずだけど……誰だろう？

「あ、もしかしたら郵便屋さんかな？　ごめん、ルルススくん出てくれる？」

「はいにゃ～」

トテトテと玄関へ向かう背中を見送って、私はスライムを砕く作業を続ける。

チョコレート棒が上手く出来たら、同じ型をあと四個は作って量産してしまいたい。だからチョコレート棒が固まるまでの待ち時間で、型作りに必要なスライムを地道に砕いていた。

「アイリス、ギルドからのお手紙配達人にゃったにゃ」

「わ、エマさん仕事が早い！　ツィツィ工房との話がまとまったのかな」

「早く読むのにゃ。お話ししてない内容がにゃいかチェックにゃよ！」

「あ、そっか！」

さすがルルススくん。抜かりない……！　私はさっそく手紙を開封し——。

チリーン、チリーン。

「また？」

「にゃ？」

ルルススくんの耳が再び玄関の方を向いた。

「んにゃ？　誰も来てにゃいにゃ」

耳が良いルルススくんには、足音で人が来たかどうかが分かるのだろう。不思議そうに首を傾《かし》げている。

「あ〜あっちだね〜！　ちょっと待ってて〜！　……ほら〜アイリス〜！　こっちもお手紙だよ〜！」

イグニスが封筒を抱えて戻ってきた。

その封蝋《ふうろう》の色は紫藍《しらん》。藍を帯びたその深い紫色は魔力の色だ。

「あっ！　そっち……！」

あのベルの音は滅多に聞かない『転送便』の音。

「差出人は〜……先生だね〜！　あ、こっちも先生だ〜」

「えっ、さらに二通⁉」

イグニスはニコニコ笑顔で、二通の封筒を私に手渡した。

# 3 ハトが運んだ便り

ギルドからの手紙は予想通りの内容だった。

明日、ツィツィ工房の人が乾燥スライムを森の工房まで取りに来てくれるらしい。砕いたスライムの納品予定は五日後。料金も問題ない。それどころか、面白いアイデアを頂いた礼に保存紙《ラップ》を無料で作ってくれるというサービス付きだ。同封されていたツィツィ工房からの手紙には、『この乾燥スライムでどんな品質のものができるのか、実験をいち早くしたい思いが抑えられず、実はお礼と言うより工房からのお願いなのです……』とも書いてある。

私は思わずフフッと笑ってしまった。この一文が、老舗と名高いツィツィ工房の性質を表している気がしたのだ。

「設立者だけじゃなくて、今の工房主さんも錬金術師なのかな？」

だって『早く新しい素材を試したい』『どんな物ができるのかを見たい』だなんて、すごく錬金術師っぽい。それに『お礼の気持ちはあるが本音は実験をしたい』という正直な言い方は、職人寄りの錬金術師そのものだ。

「どう？　ルルススくん。納期も料金も、実験も了承しちゃって良いよね？」

私は背伸びで手紙を読むルルススくんにお伺いを立ててみる。どうにも私には甘いところがあるようなので、旅商人として経験豊富なルルススくんの意見も聞いておきたい。

「そうにゃね。アイリスが良ければ作ってもらうと良いのにゃ。……にゃんか面白そうにゃ工房にゃね！」

「じゃあ～保存紙《ラップ》作る予定だった時間に～パン焼けるね～！　アイリス～ぼく新しいパン焼きの技があるんだ～！」

「えっ、新技!?　イグニスいつの間に……!?」

「くふふ～。ぼくは日々進化してるんだよ～」

くふ、くふふ～！　と、イグニスは笑いながら私の周りを飛び回る。

「新技、楽しみにしてるね！」

早くお披露目したくて仕方がない様子のイグニスの頭を撫でて、私は残りの手紙を手に取った。

「先生の手紙か～……」

気が重いけど見ないわけにはいかない。私は意を決し、封筒を裏返して差出人を確認してみた。

「ああーやっぱり」

「くふふ～。こっちの～厚いのがペネロープ先生で～こっちの～もっと厚いのがイリーナ先生からだねぇ～」

「うん……。一人実習になってからの予定表も出してなかったし、近況報告もしてなかったからねー……。ペネロープ先生怒ってそう……」

ずっしり重い封筒に引きずられ、私の気分も落ち込みそうだ。ああ、もっと重いイリーナ先生の手紙なんて、一体何が書かれているのか……。想像するだけで恐ろしい。

「あ～……アイリスって～手紙を書くの苦手だもんねぇ～」

「ルルススは好きにゃ！　美しい文章の報告書や手紙は、商売も人間関係も円滑にしてくれる大切なものにゃよ」

「……仰《おっしゃ》る通りですルルススくん」

なんて大人なんだ。私だって成人しているのに……！　ケットシーの成人は何歳で、ルルススくんは今おいくつですか？　と聞いてみたいけど、私とあまり違わなかったらショックなので聞かないでおく。

ルルススくんはきっと、私よりずっとお兄さんなんだろうと思っておくのが良い。多分。

「はぁ。気が重いけどちょっと部屋で読んでくるね……。あ、チョコは保冷庫に入れたままで大丈夫だから！　二人ともお手伝いありがとね」

チョコレート棒（仮）の続きはまたあとで。先生たちからお手紙が来るなんて、よっぽどのことがあったか……私が何かやらかしたか？　としか思えない。

だってあの先生たちは、ギリギリまで弟子のしたいようにさせる方針だもの！　早く読んですぐにお返事をしなければ……！

「スライム砕きの続きはやっておくにゃよー」

「型も～作っておくからねぇ～！」

「ありがとう……二人とも……！」

私は「にこぉ」と鈍い笑みを送り、重いどころじゃない足を引きずり階段を上った。

自室へ引っ込んだ私は、早速その紫藍《しらん》色の封――『転送便』の証である『紫藍封《しらんふう》』を開けた。

『転送便』とは、簡単に言うと『登録された魔力の元へ物を届ける』魔術だ。そしてこの『紫藍封』は、見た目は封蝋だけど、使われているのは蝋ではなく魔力で溶かした魔石。差出人や宛先も、この溶かした魔石を混ぜたインクで書かれていて、宛先の人物にしか開封できない仕組みだ。

「まずはペネロープ先生からにしよ……」

紫藍封に触れ魔力を軽く流す。するとペリッと封が剥がれ、私は便箋を取り出した。

便箋は全部で五枚。一枚目から三枚目は、ペネロープ先生からの連絡事項だった。まずは一人実習の予定表提出について。次に、今年の試験の内容とその模範解答、評価されたレポートと実技内容。そして最後は同期二人の合格が書かれていた。

「……二人とも合格したんだぁ」

ホッとした声が零《こぼ》れた。

やっぱり先を越されて悔しい気持ちもある。でも、心の奥から湧いてくる「おめでとう」の気持ちも本当だ。

正直それほど仲が良かったわけではないけど、一緒に暮らして勉強した仲間だ。私たちはそれまで育ってきた環境が違うから常識や考え方もちょっとずつズレていて、最初は衝突することも多かった。だけど先生は仲を取り持つような事はしなくて……今思えばそれが良かったのだろう。

私たちは臆病な小動物のようにちょっとずつ距離を詰め、お互いを認め合うようになり、そのおかげで一緒に成長していけたのだと思う。

劣等生の私と優等生の二人。平民の私と、裕福な商家と貴族家の二人。

違う場から同じ場に集まって、比べ合い競い合う仲で……でも仲間だったのだ。好きとか嫌いじゃなくて、仲間。

四枚目の手紙は、そんな二人によって書かれていた。

ああ、几帳面で大きな文字と、柔らかくて美しい文字は、あの二人の性格そのままでちょっと懐かしい。いつものあの声が聞こえてきそう。

内容は合格の自慢から始まり、新しくなった試験で気付いたこと、注意点や勉強しておいた方が良いところ、それから残してきた共有物は好きに使っていいとか、契約精霊がイグニスだけの私へのアドバイス……森のどこに精霊がいるとか色んなことが書かれていた。

そして最後には『来年待ってる！　アイリス頑張って！』と、二人ともが書いていた。


——ポタン。


手紙に雫が落ちた。

一人になってから、意識して二人のことは考えないように、思い出さないようにしていた。だって、そうじゃないと劣等感と嫉妬で潰れてしまいそうだったから。

能天気な自分にもこんな醜い部分があったのか、こんな私じゃイグニスに嫌われてしまうんじゃないかと、気持ちも想い出も、全てに蓋をして抑え込んでいた。

「ありがとう……。コンチェッタ、クラリーチェ」

久し振りに仲間の名前を口にして、私は「頑張るよ」と、決意を込めて呟いた。


「はぁ。さて、あと一枚か」

ズビビッと鼻をかんで、ようやく五枚目に辿《たど》り着いた。見えた文字はペネロープ先生のもの。

ああ、最後は何だろう。一枚目は連絡事項で、ここで再び……ってことはやっぱりお小言かな……。ああ、怖い……！

私はひとつ深呼吸をして、手紙に目を向けた。

「……──ペネロープ先生ぇ」

ズビッ。お行儀悪く鼻をすすってしまった。

まず最初のお小言は食事について。


『あなたのお料理は美味しかったけど、一人だからといって好きなものばかりを作ったり、大鍋で大量に作って何日も同じものを食べたりしてはいないでしょうね？　お肉とお魚をバランスよく食べ、野菜は森から収穫して沢山食べなさい。それから、牧場へ配達の内容変更の連絡はしましたか？』

「うぅ……大鍋どころかパンも食べれませんでしたぁ」

牧場への配達内容変更の連絡は忘れてしまっていたし、先生には返す言葉もない。

次は、前から無茶をしがちだった採取についてのようだ。

『先生の目がないからと、まさか迷宮へ採取に行ってはいませんよね？　絶対にやめなさい。油断と思い上がりはいけません。スライムなら森の洞窟の地底湖に質の良いのが居ます。欲張らないように！』

「ごめんなさい迷宮に行きました……スライム狩り楽しかったです」

次は生活について。だらしなく過ごしてはいないか、規則正しい生活を送っているか。街で遊びすぎてはいけないとか、知らない人を簡単に信じないように、付いて行ったりしないように、男性を工房に入れたりしないように！　とか。

と、そこで、私の頭にレッテリオさんの顔が浮かんだ。

騎士の姿をしていたからって簡単に信じてしまったし……いや、迂闊《うかつ》だったかなってあとで思ったけど、すぐ馬に乗せてもらって街へ行ったし、買い物も一緒に回ってもらったし迷宮にも連れて行ってもらったし……。

「――ごめんなさい先生。工房どころかお風呂にも入れちゃいました……」

それにしても、ペネロープ先生は遠見《とおみ》の魔術でも使っているんじゃない……？　なんで全部バレてるんだろう？

「あ、そう言えばルルススくんも男の子だった」

先生、ごめんなさい。でもみんな良い人です！

「はぁ。まさかこんな内容のお手紙だったとは……。早く実習予定表を出そう。私……ペネロープ先生に心配かけてたんだなぁ……」

手紙を折り畳んで反省し、再び鼻をかんで次へ。

最後はイリーナ先生からの手紙だ。ペネロープ先生よりもぶ厚い封筒に思わず緊張してしまう。

私はもう一度、深呼吸をして封に魔力を流した。

久しぶりに見たイリーナ先生の文字は、相変わらず優美で読みやすい字だった。

簡単な挨拶《あいさつ》から始まり手紙はすぐに本題へ。そこに書かれていたのは意外な内容だった。

「え……っ」

『ヴェネスティ侯爵から携帯食のお話を伺いました。【レシピ】の特許を申請する準備をなさい。』

「特許……？」

『それと、工房で作っていた石鹸《せっけん》についても同様です。工房内で使うだけならと様子を見ていましたが、噂《うわさ》が広まるのも時間の問題でしょう。あなたの【コーティング】使用方法は少々変わっているので、他にも既存レシピにはない使い方をしている物があれば【レシピ】を用意するように。』

「石鹸も？」

もしかしてコンチェッタとクラリーチェが研究院で使っているから……？　研究院って共同浴場だったんだ？

　いやでも、それにしたって――。

「私のコーティングって……そんなに変わってる⁉」

　私は読みかけの手紙から意識を『頭の中』に移動させ【レシピ】を覗いてみた。

――あ、確かに【レシピ】の【コーティング】の項に、食べ物や日用消耗品のレシピは見当たらない。高級食器へのコーティングはあったけど、あれは消耗品ではないから、日用品ではあるけどちょっと違うのかな……。

「うーん？　でも使い方としては【魔糸のコーティング】なんかと同じだと思うんだけど……ああでも、それは『錬金術の素材』として使うための物か。一般的な日用品じゃない……」

――そうか。言われて初めて気が付いた。私、錬金術師らしくないちょっと変な【コーティング】の使い方をしちゃってたんだ。

【コーティング】は見習いの私にも簡単にできて、応用もしやすかったから気軽に色々と使ってたけど……そうか。私だからこんな使い方をしていたのかもしれない。

　みんなは私より技術を持っているから、私のように【コーティング】で乗り切ろう！　と、魔力でゴリ押しするような錬成はしないのかもしれない。それに【レシピ】に載っていない理由は魔力じゃないだろうか。

　個人の魔力量には限りがある。日用品、それも消耗品に【コーティング】するなんて、魔力の無駄と考えられても仕方がない。大量生産にも向かないしね。

「私は魔力だけは多いみたいだからなぁ……。でも本当に魔力が大量に必要な錬成はまだ上手くいかないんだよね……」

魔力が大量に必要な錬成といえば、すぐに思い浮かぶのは【上級ポーション】だ。私が受けられなかった試験には品質試験でこれが出るんだよね。……まぐれの一回しか錬成できたことないけど。

「切ない……。はぁ。でも先生が言うなら【コーティング】の特許申請もしよう」

私は「うん」と頷き手紙の続きに目を通す。

『それから、来年の試験用レポートのテーマは決まっていますか？　まだ決まっていないのなら《コーティングの応用について》が良いでしょう。特許申請を通すにも、権利を守るにも有利に働くはずです。』

なる……ほど？

レポートは《ポーション効果のある食品》か《保存紙《ラップ》の応用について》にしようかと思っていたけど、【コーティング】でも良いなら私としては有難い。

だって【ポーション効果】についてはまだ何も検証できていないし、正直どう検証したら良いか悩んでいたところだった。

【保存紙《ラップ》】もツィツィ工房との取引があるし、ツィツィ工房には考え中の『スライムを使った携帯食用容器』の製作にも協力してもらいたい。それも特許案件になるかもしれないから、私が試験で発表してしまうのはまずいだろう。

「えっと……じゃあ【レシピ】を用意するものは――」

石鹸と携帯食。今のところ【蜂蜜ダイス】と【キューブパン】【薬草ビスコッティ】に今日作った【チョコレート棒（仮）】もか。あ、チョコは【コーティング】も使っているから、これは『食べ物に付与するコーティング』の例としてレポートにも記載しなきゃ。

「うわー……。携帯食の試作もあるしツィツィ工房さんに会う予定もあるのに……やること増えちゃったなぁ」

でもイリーナ先生が転送便で手紙をくれるなんて初めてのこと。きっとこれは優先事項なのだろう。

「とりあえず、分かりました！　ってさっさとお返事を書くのが良さそうだよね――あれ？　手紙、まだあるの？」

締めの言葉が書かれていたし先生のサインもあったのに……追記だろうか？　私は別に折り畳まれていた、数枚の便箋を封筒から取り出しそうっと開いた。

「えっ！　これ、研究院の正式な書類じゃ……!?」

少し厚手の紙には、虹色で箔《はく》押しされた錬金術研究院の紋章が輝いていた。

『これは錬金術研究院からの正式な依頼であり、師匠《ししょう》からの課題でもあります。迷宮でスライム狩りを楽しんだあなたなら簡単に達成できることでしょう。』

フフフ、という先生の笑っていない目での微笑みが聞こえるような文章だ。

どうしてスライム狩りがバレてるのだろう……？　やっぱり先生たちって遠見の術を使ってるんじゃ……。

「いやでもスライム狩りは必要だったし……！」

私は気を取り直して続きを読む。研究院からの依頼であり、私への課題だと言っているのだ。心して読まなければ！

『ヴェネトスの南、港湾都市のペルラは知っていますね。先日、研究院へ「炎の精霊《サラマンダー》と契約している優秀な錬金術師を紹介してほしい」との、緊急の書状が届きました。しかし研究院は試験の最中です。そして現在、炎の精霊《サラマンダー》の契約者はとても希少です。』

そうなんだ。確かに炎の精霊《サラマンダー》自体の数が減ってるとは聞いてたけど……。でもそうか、精霊自体が減っていればそうなるのが当然か。

「イグニスと契約できた私は運が良かったんだね」

『研究院には手の空《あ》いている者はおりません。そこでアイリス、あなたにこの依頼を片付けてきてほしいのです。詳しい依頼内容はここには記せませんが、依頼の達成期限は本日から二十日。』

「二十日⁉　えっ、しかも今日から数えて⁉　ペルラに行くだけでまる一日はかかるのに⁉」

ちょっと急すぎない？　それとも、そんなにも急ぎの依頼内容ということだろうか。

『アイリス、これはあなたの【レシピ】量を見込んでの依頼であり、課題です。達成できなくとも罰則はありませんが、全力で取り組むことがあなたのためになるでしょう。』

「私の【レシピ】量……？　何だろう……名前だけは分かるけどレシピが分からないとか……かな？」

私の頭に浮かんだのは、錬金術師昇任試験だ。

錬金術師昇任試験には似たような課題がある。錬金術製魔道具名だけが伝えられ、自力でレシピを調べ錬成するというものだ。勿論、錬成困難なものばかりで、必要素材や錬成方法を調べる事すら難しいものが出るとも聞いたことがある。

「へへ……先生に『あなたのレシピ量を見込んで』なんて、そんなことを言ってもらえるなんて……！　手にした本を片っ端から読んで【レシピ】を増やした甲斐があったかな！」

私の地道な努力が認められたようでちょっと嬉しい。嬉しくて思わず照れ笑いしてしまう。

『それから今回、あなたの護衛と手助けとして騎士レッテリオが同行します。依頼の詳細は彼から話があるでしょう。

それともう一つ。あなたを街の錬金術師という肩書で派遣します。あなたの本当の身分が見習いということは伏せるように。これは先方に無用な心配をかけないための措置《そち》です。気に病まなくて結構よ。

後日、一人前の色に似たローブを支給するのでちゃんと受け取るように。ペルラへはそれを着ていきなさいね。』

「い、一人前色に似たローブ……！　うわぁ！」

それを着れるなんて――。

「――嬉しい！」

課題だなんて言っているけど、もしかしたらこれは先生からのご褒美なのでは？　そんな風に思ってしまう。何のご褒美かって言われたら答えられないけど……ああ、そう！　一人実習への激励！　そうかもしれない。

だって、似た色だとしても、本当ならまだ着ちゃいけない色だ。

私の見習いローブは宵闇色の薄紫色。一人前の錬金術師が着る色は夜色、暗い紫から紺色だ。市井《しせい》の錬金術師は、研究院で決まっているローブの色を守る必要はないけど、明るい色は見習いという先入観から、総じて暗い色を選んでいる。まぁ、研究院のような夜色縛りはないので、赤や緑なんて色をまとっている人もいるそうだけど。

「どんなローブかなぁ～……。紫色かな～紺色かな～……先生たちのローブみたいに袖《そで》なしかな～！」

私はニヤニヤしそうになる頬《ほお》を抑えるのに必死だったが、手紙の最後の行を読みそして――ニヤニヤは一瞬で吹き飛んだ。

『依頼については他言無用です。この依頼が発生していること、あなたが受けたこともです。もし、少しでも外部に漏れた場合には……分かりますね？　重々注意なさい。期待していますよ。』

「最後の期待が怖い……」

それに『あなたが受けたことも』って言うけど、私はまだ「やります」と返事はしていない。

「有無を言わせないのがイリーナ先生だよね……」

まぁ勿論、返事は「やります！」ではあるのだけど。だって私の【レシピ】量を見込んでだったりとか、ご褒美のようなローブがあったりとか。それに実は、ペルラに行けるのも楽しみだし……！　ヴェネトスに近い港町だけど、行った事がないので一度行ってみたいと思っていたのだ。

そして私は、机の引き出しの底から、便箋を引っ張り出して愛用の万年筆を滑らせた。

まずはツィツィ工房へ。次いでペネロープ先生とコンチェッタとクラリーチェに。最後が、一番書くことが多いイリーナ先生への返信だ。

「……」

挨拶まで書いたところで筆が止まってしまった。もう一度、先生からの手紙を読み返し、順番通りに返信していこう。まずは特許申請についての返事、それからペルラの依頼の件……あ、ローブも楽しみにしていますって伝えたい！　それから――。

「わっ、インクが……！」

便箋に押し付けてしまっていたペン先から、じわりと黒インクが滲《にじ》んでいた。

私は書き損じた便箋を裏返し、万年筆の代わりに鉛筆を手に取った。

「下書きしてからにしよ！」


「アイリス～開けてもいいにゃか？」

扉の向こうからの声で、私はハッと顔を上げた。

随分集中していたのか、いつの間にか三刻も経っていた。

「うん、どうぞー」

扉を開けたのはイグニスの尻尾。ルルススくんの両手は大きなトレーで塞《ふさ》がっていた。

「ノックなしでごめんにゃ？　ちょっと休憩するといいのにゃ」

「チョコレートの～試作品ができたよ～！　チョコでお茶しよぉ～！」

ツィツィ工房とペネロープ先生と同期たち、それからイリーナ先生への返信清書も、丁度終わったところだ。私は広げていた便箋をササっと片付けて、二人を部屋へと招き入れた。

「テーブルがなくてゴメンね」

試作品のチョコレートと紅茶が並べられているのは、収納として使っている木箱。イグニスが伝えてくれていたのだろう、持って来たテーブルクロスをルルススくんが掛け、即席テーブルに仕立ててくれた。座るのはベッドと机の椅子だ。

「はぁ……お茶すごく美味しい……！」

ふんわり漂う柑橘の香りが気持ちをホッとさせてくれる。

「よかったにゃ〜！　前に海の向こうの、ダージャ王山茶園《おうざんちゃえん》でお手伝いをしたときにもらったお茶にゃよ。春摘みのダージャにゃ！」

「そうなんだ〜どうりで美味しいはず……！　すごく瑞々しくてスッキリしてて……いい香り〜！　やっぱり最高級の王山のお茶は違うんだね！」

「ねぇねぇ〜チョコは〜？　ぼくが美味しくした黄金柑《ゴールデンオレンジ》のチョコも食べようよ〜！」

チョコを抱えたイグニスが試食の催促をする。ああもう、イグニスったら齧ってるし！

「イグニス、コーティングしてあるから口に入れた分にだけ魔力を流してね？　齧ったときに流しちゃうと抱えてる所も溶けちゃうから注意だよ？」

「ん〜ふぁ〜い！　……んん〜」

「にゃ……面白いにゃ！　口の中でチョコとほとんど生の黄金柑《ゴールデンオレンジ》が……にゃんにゃこれ〜！」

イグニスは口をカパッと大きく開けてかぶりつき、ルルスくんはザラザラの舌で舐め取るようにチョコを味わっている。

そして私は、チョコレートのサイドに入れた溝を確認して一口大に齧って、舌で軽く魔力を流してみた。

うん。慣れれば特に意識しなくてもコーティングを剥がせそう。

「……ん〜⁉　黄金柑《ゴールデンオレンジ》がすっごいジューシーだね！　半生乾燥にしたからかな……甘みが増してる！」

燻製《くんせい》なんかと似た原理なんだろうか？　旨味がぎゅっと粒に詰まっている気がするし、溶けたチョコレートと絡んで本当に美味しい。これならカロリーも水分も摂れて良い携帯食になるんじゃない？

それに甘いチョコと甘酸っぱい黄金柑《ゴールデンオレンジ》が疲れを吹き飛ばしてくれる。もしかしなくてもこれ……イグニスのおかげで【ポーション効果】がしっかり付いている！

「うん！　試作は大成功だね！　よーし、それじゃ型と残りのチョコも作っちゃおう」

「そうにゃね！　型作りはルルススもお手伝いするにゃ。さっき見てたからできるにゃよ！」

「うん、じゃあ先にお手紙出しちゃうね」

私はツィツィ工房から届いた封筒を逆さにし、同封されていた『魔石』を掌に乗せた。この魔石にはツィツィ工房への転送情報――住所のようなものが刻み込まれていて、紫藍封を施すための印《いん》璽《じ》に情報を転写して使う。

「イグニス、力を貸してくれる？」

「はいは〜い！」

私は印璽に嵌め込まれた魔石に、ツィツィ工房の魔石をそっと押し当てた。そして魔石を持つ私の指先に、イグニスが尻尾をそっと添える。

「それじゃいくよ？　せーの……」

息を合わせて魔力を流し、イグニスと自分の魔力を織り混ぜ魔石に注いでいく。

すると――トロリ。ツィツィ工房の魔石が溶け出し、印璽の魔石へ染み込むように消えていった。

「よし、登録完了！　あ、封筒に宛名も書かないと……」

さっきまで使ってた万年筆のインクを外し、転送便の宛名書き用の【青インク】に取り換え『ツィツィ工房』と宛名を書く。

転送便はこの青インクでないと、印璽に登録されている『転送情報』が読み取られないのだ。たまにだけど、間違ったインクで宛名を書いてしまって、迷子になった手紙が落ちていることがあったりもする。

「じゃ、送っちゃお～。アイリス紫藍蝋《しらんろう》たらして～」

「うん」

『紫藍蝋《しらんろう》』は『紫藍封《しらんふう》』をするための蝋――ではなく、溶かした魔石だ。蝋を使って封をするのが封蝋、だから【封をするために魔力で溶かした魔石】は『紫藍蝋』と呼ばれている。

私はポーチから出した屑魔石《くずませき》で紫藍蝋《しらんろう》を作り、印璽を押し魔力で固める。これで紫藍封の出来上がり。あとは『転送陣』――『転送ポスト』とも呼ばれる陣に手紙を置いて、魔力を流せば転送完了だ。

「アイリス、ルルススとも転送情報を交換してほしいのにゃ」

ルルススくんは腰に括《くく》り付けたポーチから、魔石を取り出し私に差し出した。

「わ、嬉しい！　これでルルススくんが旅に出ちゃっても連絡取れるね」

「そうにゃ！　ルルススの『転送ポスト』は鞄の中にあるから、どこでも受け取れるにゃ」

ルルススくんのふしぎ鞄か。あれならきっと、お手紙だけでなく大きな物も送れてしまうのだろう。

転送便の容量は、設置した陣に含まれた魔力の大きさに比例する。だから大きな魔力を持つ術師や、魔力が豊富な場所――例えば迷宮やルルススくんのふしぎ鞄なんかは、やり取りできる容量も大きい。

「はい、じゃあこれ。私の転送情報」

私は自分の魔力が溶け、瞳と同じ蒼紫色になった魔石をルルススくんに手渡した。


くす～……くす～……というイグニスの寝息を聞きながら、私はベッドの中でイリーナ先生の手紙を読み返していた。

「ペルラかぁ……」

港湾都市ペルラはヴェネトスの南、馬車でまる一日の距離にある古い街だ。

【レシピ】に入っている知識によるとペルラは、古くは砦《とりで》としても使われた海の街で、今は貿易と海上交通の要所。有名なのは『過去も未来もずっと照らし続けるだろう』と言われている『永久灯台』と、砦の名残が色濃い旧市街だ。高い壁に囲まれ迷路のように入り組んだ街には、歴史の重みを感じる建物や彫刻が所狭しと並んでいるとか。

だけど逆に、新市街や港は広々と開かれていて、海の向こうから様々な物や人が運び込まれている。チョコレートもこの港から入って来たそう。

ペルラは古いものと新しいものが混在し、海の幸が豊富な、人気で憧れの保養地《リゾート》だ。

それに勿論、街には漁港もあるので海の幸が豊富！　ルルススくんによると、周囲の漁村ではお安く美味しい物を食べれるし、名物もあるらしい。

「楽しみだな～……新鮮な魚介のお料理……わぁ～どんなのが食べれるんだろ……」

あ、それだけ海が豊かなら水の精霊《ウンディーネ》にも会えるかもしれない。手にしたことのない海の素材も採取できるかもしれないし……ああ、楽しみ！

「まずはレッテリオさんからの連絡待ちかな……」

きっとまだ迷宮のことで忙しくしているだろうし、私もツィツィ工房と会う予定がある。乾燥スライムの納品は五日後。どんなに急いでも出発はその後になる。

「でも……依頼の達成期限は二十日後までだったよね」

間に合うのか不安だけど……突然の依頼だし、先生もその辺りは理解してくれるだろう。そうだ。どんな依頼か詳細はまだ分からないけど、もしかしたら採取や探索に行くかもしれない。携帯食も必要になるかもしれない。

――そう考えると、意外と時間に余裕がない気がしてきた。

「うん……作れるものは作って準備をしておこう……」

「くす～……くすす～」

あれこれ考えていたけど、いつの間にか私の瞼《まぶた》はトロトロと閉じていく。イグニスの気持ちよさそうな寝息には勝てるはずがない――。

私はそんな言い訳をして、手紙を置いて眠りについた。

「くす～……くす～……」

ジュッ……ガンガン！　ザリザリ。

イグニスの炎で炙られた硝子を木槌《きづち》で叩き、パキッと割れたらヤスリで整える。久しぶりの作業はなかなか大変だけど、楽しくもある。

ペルラ行きを見越して、連日【ポーション】などの錬金薬を作ったりパンの酵母を仕込んだり、買い出しで集めた食材でジャムやコンポートを作ったり様々な下ごしらえをしたり……。毎日忙しく過ごしていた。

そして今日、私が籠《こも》っているのは工具を使うための錬成室だ。作業台の上には分解したランタンと、【レシピ】から書き写した設計図や錬成陣が広がっている。

「イグニス、ちょっとココとココを溶接したいの」

「……はぁ～い……え～ぃ」

ジジ、ジュゥ……ッ！　と、硝子が溶け、設計図通りに組み上がる。

「ねぇ～アイリス～どうして【プロメテウスの火】なんて作ってるのぉ～？」

「ちょっとね。先生からのお手紙、イグニスも読んだでしょう？」

「読んだけど～」

イリーナ先生の手紙には『依頼については他言無用』と書かれていたが、一緒に行くイグニスに秘密にはできないので話す許可をいただいた。ついでにルルスくんにも「出掛ける予定があるんだけど一緒に行く？」と聞いてみたら――「行くにゃ！　お留守番はちょっと退屈だったのにゃ！」との返事だったので、こちらも先生に同行の許可を貰っておいた。

「読んだけどさぁ～なんでぼくが一緒なのに～ランタンなんて使うのぉ～？」

イグニスは口を尖《とが》らせ、私の頭上から不満気に言う。

「もー怒らないで？　イグニス」

私は組み立てていたランタン――錬金術製の道具である【プロメテウスの火】を作業台に置き、ゴーグルを上げてイグニスを見上げた。

「ペルラに行くでしょう？　あそこは海の街で、イグニスの炎が上手く使えない場所もあるかもしれないからね。ちょっと備えに、だよ」

「ええ～……ぼくの炎はつよいよぉ～……」

拗《す》ねるイグニスを手元に呼び寄せ撫でて、話を続ける。

「そうだけど、ほら、私はいつもイグニスに灯りをお願いできるけど、迷宮探索隊や他の人たちはこれを使うでしょ？」

私は分解したランタンをイグニスに見せる。

【プロメテウスの火】と呼ばれるこのランタンは、採狩人や迷宮探索隊など野外で活動する者たちの必需品だ。

燃料は魔石。硝子のランタン容器の中に灯るのは【灯火の錬成陣】から生み出された『火』だ。

燃料が切れない限り灯り続け、つまみを捻《ひね》れば大きくも明るくもでき、消すこともできる。それに容器から出して『火』としても使えるので、野営の調理にも使える優れもの。

だけどこのランタンにも欠点はある。燃料の小魔石を沢山消費するし、高さは約三十センチあり、私が片手で持つには少々辛いくらいの重さがある。

「この分厚い硝子や明るさを上げる反射用の光水晶、あと硝子を守るフレームが重いし……大きくなってる原因もここか。もう少し小型軽量化できれば迷宮探索隊の荷物に余裕も生まれて、お鍋とフライパンくらい持って行けると思ったんだよね……？」

灯りは全員が持つ物。お安く小型軽量化できるのが一番だけど——。


「ただいまにゃー！」

トコトトン！　と扉がノックされルルススくんが顔を出した。

「あ、お帰り！　どうだった？」

「ただいま！　ばっちりにゃ～！　にゃしし！」

ルルススくんは【ふしぎ鞄】に手を突っ込み、こぶし大の『氷水晶』を取り出し作業台の上へ。

遮光糸で編まれた袋に入った氷水晶は、透明から薄白緑、薄水色に揺れながらぼんやりと輝いている。

「うわぁ！　きれいな『氷水晶』……ありがとう！　さすがルルススくん！」

「ええ～!?　ルルススもしかして～一人で洞窟に行ってきたのぉ～？」

「そうにゃ！　ここの森は本当に面白いにゃね！　アイリスに貰った地図通り、ぐる～っと森を迂回して『水晶回廊』への近道で行って来たにゃ！」

この『氷水晶』は森の洞窟で採取できるのだけど、その場所は最奥となる地底湖の手前。私が採りに行ったら一日がかりなので、今回はルルススくんにお願いしたのだ。だって、時間がないからね！　一日ものんびりなんてしていられない。

「あの近道を使えるのはルルススくんだけだよね……」

長い洞窟は短縮できるが、あれは近道というより岩山に開いた落とし穴だ。ケットシーの身体能力がなければどうにもならない。

「楽しかったにゃ！　でもにゃ〜あの洞窟もっと探索したかったのにゃ。残念にゃ〜」

「今度行こうね！　正面から入ると植物系の素材も採取できるんだよ」

そうなのだ。森の奥だからなかなか行けない場所だけど、あの洞窟で採取できる素材はたくさんある。それにこの氷水晶のような珍しい素材も採れるので、近道を使わなければルルススくんは、きっとまだ洞窟の中だっただろう。

よく昼三刻に帰って来てくれた！　これで私の【プロメテウスの火・改一】を製作できる。

「さあイグニス、完成までもう少しだよ！　お手伝いお願いできる？」

「……できるけど〜ぼく〜ランタンなんてさぁ〜」

「イグニス、これは面白い実験にゃんにゃよ？　こんにゃ贅沢に素材と錬金術を使った【プロメテウスの火】は他ににゃいのにゃ。このまま売れるとは思えにゃいけど、アイリスのレシピにあった古い書物からの応用はすっごく面白いのにゃ！　アイリスはよくそんにゃ【レシピ】を持ってたと思うにゃ！」

「……え～？　そうなの～？　くふふ～アイリスの【レシピ】って～やっぱりすごいんだぁ～！」

「すごいのにゃ！　ルルススも聞いたことにゃい切れっぱしみたいにゃ文献もあるにゃ！　アイリスがどこで読んだのか聞きたいのにゃ」

「え？　故郷のガルゴール爺のとことか……あと古書市とか、その辺の神殿とか祠《ほこら》とかにも色々刻まれてるからそれを覚えたり……でも一番は、やっぱり図書館かな！」

「ヴェネトスのにゃ？」

「ううん、ヴェネトスの図書館にはあんまり通えてないんだけど……工房実習前にね、故郷からの道すがら寄れるだけ寄って詰め込んだの。街道沿いには古い街が多いからねー……」

あれは面白かった。とはいえ、路銀に余裕はなかったので速読して詰め込んだのだけど。

「にゃるほど。ルルススも今度やってみるにゃ。珍しい素材が載ってる図鑑はにゃいかにゃ～」

トタタン！　と足を鳴らすルルススくんと、機嫌を直したイグニスを微笑ましく眺め、私は遮光用の黒いゴーグルを装着した。

今回の目玉『氷水晶』の準備だ。

水の魔素が濃く、清らかな場所に湧き出す青水晶――その生まれたてが『氷水晶』だ。厚みや大きさがあっても軽く、そして硬いので、硝子の代わりに使うには最適な材料。硝子よりも高価だから普通は代用になんてしないけど。

そして氷水晶には【冷】と【蓄光】【反射】の特性があるので、ランタンに使えば防火になるし、灯火の明るさを吸収し、溜め、そして四方八方に反射してくれる。

これで反射用の重い光水晶を使うこともないし、魔石燃料の節約にもなる。

「あ、イグニス、ルルススくん。いいよって言うまでちょっと目を閉じてるか、向こう側を向いてくれる？」

「あ、【反射止め】の加工にゃね！」

「わかったよ～」

ルルススくんは私に背を向けて、イグニスはおててで目を覆っている。かわいい。

「すぐに済ませるからね！」

照明器具にもってこいな【蓄光】と【反射】だけど、どちらも『火』にだけ反応させたい。外部の自然光にまで反応し、常に光ってしまっては具合が良くない。

だから『ランタンの火』にだけ反応するように【条件】を付ける。今回は【レシピ】で見つけた、古い陣の刻み方で条件付けを施してみようと思う。

私は棒状の魔石を左手に、杖を右手に持つ。杖に魔力を流して魔石を溶かしながら、ゆっくりと杖先を動かし【条件】の陣を描いていく。

インクで描くより手間はかかるし難しいけど、こちらの方が水晶への負荷が軽く、素材を損ねずに済むらしい。初めての試みだから、ランタンが完成したら先生に見てもらいたい。

「――よし。完了！　二人とも、もういいよ」

あとは比較的簡単だ。ノミと金槌《かなづち》を使い、氷水晶を適度な大きさに割り、接着剤とイグニスの力で水晶と金属枠を組み合わせる。水晶の割れ防止には【強化】を。金属には【重量軽減】の陣を刻む。

【強化】も【重量軽減】も私にとってはとても身近な術。ポーション瓶の割れ防止や、あの大きなリュックに使われているものだ。

「……よし。【プロメテウスの火・改二】完成！」

私は遮光カーテンを閉め、林檎《りんご》程度の大きさになったランタンの、『明るさ』つまみを『中』にする。そして魔石を嵌めテーブルの上に置いた。

「にゃ～！　明るいのにゃ！　眩《まぶ》しいにゃ！」

「すご～いね～！　灯りが～キラキラ反射してきれ～い」

「ほんと……！　予想以上……!!」

薄暗い室内には、氷水晶が反射、拡散させた光が壁と天井をキラキラと照らしている。きっと少し時間をおけば、蓄光の効果で明るさも増し、魔石も長持ちするはずだ。試しに触った火に近い部分の水晶も、全く熱くなっていなかったので防火や火傷の心配もなさそう。

「これは良いにゃね～。夜目が利くルルススには必要にゃいけど、専属採狩人を持ってるお得意様にゃんかは欲しがりそうにゃ……」

ルルススくんは「んんん……」と何やら頭の中で算盤《アバカス》をはじいているようだ。

「たくさんは無理だよ？」

氷水晶は青水晶の赤ちゃんのようなもの。採取数が少ない希少素材だし、乱獲はしたくない。森の洞窟でなら水晶もすぐ育つので問題ないけれど。

「そうにゃね……。アイリス、そのうち【プロメテウスの火・改二】を作ろうにゃ！　ちょっと重くても良いから、氷水晶は一部だけにして【強化】付与の硝子を使うにゃ。それにゃらお値段的にも氷水晶の節約にもなるにゃ」

「そうだね。……ルルスくんからの正式なご依頼なら、頑張って改良するよ？」

どうする？　とチラリ見つめると、その緑の瞳が大きく輝いた。

「依頼するにゃ！　そうとにゃれば……――んにゃ！」

突然、ルルスくんの耳がピーンと立ち、ヒゲまで立てて窓辺へ駆け寄った。

「馬の足音が聞こえるにゃ」

「馬？」

誰だろう？　ツィツィ工房の納品は明日だし、今日の訪問予定はなかったはず。

また郵便だろうか？　と、少し速足で玄関扉を開けると、そこにいたのは見慣れた顔。

「あ、いたんだね。アイリス」

「レッテリオさん！」

馬を下りる姿は少しくたびれた様子で、騎士服もなんだか汚れている。

「突然どうしたんですか？」

「うん、これを返しにちょっと寄ったんだ」

「あ、キッシュの手籠……えっ、もしかしてあの後からずっと迷宮に⁉」

「うーん……まぁ、ね」

もう何日も経っているのに、ずっと迷宮にいたなんて……。迷宮を封鎖して調査するとは言っていたけど、まさか籠り切りだとは思っていなかった。あの異変はそれ程の事だったのかと、今更ながらに思い知る。

「わざわざ有難うございます。疲れてるのにごめんなさい」

「いいや、俺も帰りに寄っただけだから気にしないで」

はい、と手渡された手籠は持って行ったあの日より随分軽い。ボリュームたっぷりのキッシュを詰め込んだけど、あれはたった一食分だ。

「キッシュだけじゃなくてもっと他にも差し入れすればよかったですね。……レッテリオさん顔色良くない」

じろりと見上げ目が合うと、レッテリオさんはパッと顔を逸らし、その横顔を片手で覆った。

「……ごめん、見苦しいのは分かってるからあまり近くで見ないでほしい、な」

「見苦しいとかじゃなくて、ほら、クマとか――」

なんだかちょっと、やつれちゃってるんじゃない？

「ごはん食べれてました？　それとも寝てなかったり？　あっ、もしかしてまた異変があって大変だったとか……⁉　それならとりあえず、この【体力回復ポーション】でも飲んで……」

あ、怪我《けが》してたりはしないだろうか？

私はレッテリオさんの顔を覗き込もうと横から一歩近付いたのだけど、レッテリオさんも何故か合わせて一歩身を引いた。

「レッテリオさん！　ちょっ……なんで逃げるんですか！　顔色ちゃんと見せてくださ――」

「アイリス！　そこまで！」

レッテリオさんは迫る私の肩をグイと押して、腕の長さ分の距離を確保し、更に一歩後ろに下がる。そしてハァーっと大きな溜息を吐いた。

「寄らないでほしいんだ。俺、汚れてるし臭いから。あと顔も汚いと思うんだよね……その、髭《ひげ》とか……」

「ああ」

なんだそんな事か。と、私は大股一歩で距離を詰め「スゥ」と鼻を利かせた。

「だから、アイリス……！」

レッテリオさんが再び距離を取った。なんだかちょっと頬が赤い。

「大丈夫ですよ？　臭くありません。これなら故郷のガルゴール爺の方が全然臭いです」

「……誰、それ」

「アイリス～……研究で～一週間も牛のふんとか～火山の黄色い石にまみれてるガー爺と比べるのは～レッくんがかわいそうだよぉ～」

「うん。ルルススその人知らにゃいけど、レッくんもなかなかに芳《こう》ばしいのは確かにゃよ。嗅《か》いじゃかわいそうにゃ……くしゃい」

ルルススくんは鼻を摘みながら言う。レッテリオさんは片手で顔を覆って溜息を吐いた。

「やっぱり結構臭いんじゃないか俺……」

「大丈夫ですよ……？　あの、ペルラの件についてのお話もしたいし中へ……」

「いや、それは遠慮させて」

「でも立ち話じゃなんですし」

「話はここでしよう」

工房に入る事を固辞するレッテリオさんは揺るがなかった。迷宮帰りで汚れてることなんて気にしなくてもいいのに！

「……レッテリオさん、ちょっとお茶するくらいの時間はありますか？」

「え？　ああ、うん。話をする時間くらいはあるよ？」

「分かりました！　じゃあ、すぐにお茶の準備をしてくるんでちょっと待っててください！　外でも木陰なら涼しいからここでお茶しましょう！」

私はポカンとするレッテリオさんに「五分刻で用意してきますから！」と言い、ルルススくんと一緒に工房内へ戻った。

「レッくん～ぼくとちょっと待ってよ～！　上着ぬいで～ブーツも脱いじゃえばぁ～？」

玄関先からはイグニスのそんな声と、レッテリオさんの笑い声が聞こえていた。


「えっと、ルルススくんは倉庫から敷き布と探索用のコップを持って来てくれる？　リュックの隣に置いてあるはずだから！」

「はいにゃ！　任せるにゃ～」

ルルススくんはトタタタッと駆け足で倉庫へ向かった。

さあ、制限時間はたった五分刻。手早く用意できて、適度にお腹を満たせるものが良い。

「疲れが取れるように甘いものと……しょっぱいものもあった方がいいかな！」

私は保冷庫からバターと作ったばかりの王様木苺《ベリー》のジャム、それからハーブのクリームチーズディップの瓶を取り出した。この『ハーブのクリームチーズディップ』は、裏庭で増えすぎていたハーブを使って作ったものだ。早速出番がくるなんて、作り置きをしておいて良かった！

次はバゲットを一口サイズに切ってバターを塗ったら、そのまま木製のカッティングボードに並べてやる。大きな板なのでお皿代わりに丁度良い。

「よし。あとはジャムとディップを乗せて……と！」

「アイリス、敷き布とコップ持ってきたにゃよ！　このまま先に外で用意しちゃうにゃね！」

「あ、うん！　お願いします！」

「はいにゃ～！」

ルルススくんの軽快な足音を後ろに聞きながら、私は冷えた檸檬水をピッチャーに入れた。そしてここで、私は失敗に気が付いた。バゲットの乗った大きなボードと重さのあるピッチャーを一度に持っていくのは無理だ。絶対にどちらかを落としてしまう……！

「仕方ない……先に飲み物だけ持って行って――」

と、ピッチャーを抱えたところで、外から玄関扉が開けられた。

「アイリス、何か手伝うよ」

「レッテリオさん！　あ、じゃあ、そこに置いてあるバゲットのボードを……！」

「うわ、美味《うま》そうだね！」

レッテリオさんの顔がパァッと輝いた。うん、ちょっと強引だったけどお茶に誘って良かった！

「あ、そうだ。レッテリオさん、もし結構ゆっくりできる時間があるならお風呂も――」

「この後まだ会議があるからそれは遠慮しておきます」

「そうですか……忙しいんですね」

「うん、まあ……そうだね」

何故かちょっと口を濁《にご》したレッテリオさんを不思議に思ったけど、この後もお仕事なら尚更、短時間で【体力が回復するおやつ】の出番だ！


「アイリス～！　はやくはやく～！」

「ルルスお気に入りの場所にゃから涼しいにゃよ～！」

二人に手招きされて座った木陰は、よく風が通ってひんやりと心地良い。さすがルルスくん、猫は涼しい場所を知ってるっていうけど本当だ！

「はぁ……涼しいし生き返るね」

レッテリオさんは檸檬水で一息つくと、早速ジャムをたっぷり乗せたパンに手を伸ばした。イグニスとルルスくん、私も一緒におやつの時間だ。

「パンのおかわりは沢山あるんで、どんどん食べてくださいね。あ、そっちはシンプルにジャムを塗っただけですけど、こっちはハーブのクリームチーズディップとジャムが塗ってあります」

この『ハーブのクリームチーズディップ』の作り方は簡単。牧場から届いた滑《なめ》らかなチーズに塩胡椒を少々、それから微塵《みじん》切りにした目帚《バジル》、香芹《パセリ》、蒔羅《ディル》、檸檬汁を入れて混ぜるだけ。パンだけでなく、野菜に付けたりパスタに絡めたりと色々アレンジができる優れものだ。

「これ、香りがいいね……！　あと甘いジャムとチーズの塩気が絶妙で……美味い」

レッテリオさんはクリームチーズとジャムのパンが気に入ったようで、二つ、三つと口に運んでいる。

「にゃ～！　レッくん食べるの早いにゃ！」

「くふ～！　ぼくが焼いたパンも～おいし～い？」

「勿論！　美味しいよ、イグニス。一口半で食べられる大きさも丁度良いね」

「ふふっ！　どんどん召し上がれ！」

　途中で生ハムを追加したり、少し残っていたオイルトットゥも出してきたりして、レッテリオさんは結局バゲットを一本分食べてしまった。これ……きっと迷宮でろくな食事をしてなかったよね。

「はぁ……食べた。ごちそうさま。……ところでアイリス、これもポーション効果出てない？　何か変わったもの混ぜた？」

　レッテリオさんが玉檸檬水のグラスを覗き込んだ。

「あ、きっとこの翠玉色のやつです！　昨日思い付きで入れたんですけど、ゼリーを弾力強めに作ってみたんで食感が楽しいかなと思って……お味はどうですか？」

　毎日作る夏の玉檸檬水。いつも同じだと飽きてしまうので、ちょっと工夫をしてみたのだ。そうか、ポーション効果を感じる程の回復力があるなら、工房作業の合間にもピッタリかもしれない！

「そうだね……あまり味はしないけど食感がいいね。――で、これって何？」

「主な材料は、体力回復ポーション用の日輪草と怪我用の不忍草《しのばずそう》です。ゼリーにするためにゼラチンと、あと弾力目当てでスライムも混ぜてみたんです！　イグニスの炎で調理したから、ポーション効果もちゃんと出ましたね！」

「え？」

レッテリオさんは傾けたグラスをピタリと止めて、目を見開き私の顔を見た。

「え……っ？　スライム……って、食べれたんだ？」

「はい！　私の【レシピ】には『食べても無害』ってあったんで……ゼリーに良さそうだな～と思って混ぜました！　モチプニしてて悪くないですよね！」

「う……ん。悪くは……いや魔物も食べれるけど……。そうか……これスライムか……」

ちょっと複雑そうな顔をしつつ、レッテリオさんは玉檸檬水を飲み干した。

ゼリーも「うん、モチモチプニプニの食感は申し分ない……材料以外は本当に……」とか何とか呟いてはいたけど、綺麗《きれい》に食べてくれました！

「レッくんは繊細にゃんにゃね」

「アイリスは図太いからねぇ～」


「あ、そういえばペルラの件ですけど……」

私がそう言うと、お腹を満たし、体力もすっかり回復したレッテリオさんは「そうだった」と話を切り出した。

「実は、俺もまだ詳細までは聞いてないんだ」

「あ、ずっと迷宮にいたから……？」

「そう。研究院からの手紙は受け取っていて、中身も読んだけど……色々と気になる部分もあるんだよね。だからちょっとアチラに確認をして、それからアイリスに話す形で良いかな？」

「はい」

勿論、それで構わない。でも……アチラって、レッテリオさんはどことお話しするんだろう？

研究院？　それともペルラの街？　あれ？　そういえば依頼主って……『ペルラの街』なんだろうか？

私は一体――何をさせられるんだろう？　ちょっと不安になってきた……。

「そうだ、アイリス。さっき返した籠に俺の連絡先を入れておいたんだ。あとでハトを飛ばしてくれる？」

「あっ、そういえば連絡先交換してませんでしたね!?　うっかりしてました」

『ハト』というのは『転送便』の事だ。主に手紙を運ぶことから、伝書鳩由来で『ハト』と呼ばれている。

「俺こそ。ランベルトに携帯食の件で連絡を入れろって言われて気が付いてね」

「あ、そっか。携帯食の方はどうしましょう？　ペルラの件が終わってからで良いですか？」

「うん。こちらはゆっくりで構わない。携帯食は待てるからね。ペルラの件はちょっと急ぎみたいだから……二、三日中には出発することになると思う。この後色々と調整して決めてくるから」

「はい」

ペルラまでの馬車や逗留《とうりゅう》先、それから依頼主とのやり取りなど、細かい事はレッテリオさんにお任せして良いらしい。先生は課題でもあるって言ってたから、もしかしたらその辺りも課題のうち……？　と、どうすれば良いかと考えていたのでホッとした。

「あ、あと、アイリス『ツグミ』は受け取れる？　緊急時はそっちの方が早いから、もし受信できるなら有難いんだけど」

「あ、はい。大丈夫です。でもまだ……遠距離はちょっと感度が悪いかもしれません」

「了解。多分ヴェネスティ領内でのやり取りになるから……それなら大丈夫？」

「はい！　問題ありません！」

『ツグミ』というのは『声の転送便』で、青く美しい羽と声を持つ『瑠璃鶫《るりつぐみ》』が由来となっている。声便は青色魔石に声を籠めて送る。だから青い鳥の『ツグミ』なのだろう。ちなみにこの青色魔石は『ハト』の宛名書き用の青インクと同じもので、転送便専用に錬成された人工魔石だ。

「それじゃあ、そろそろ行こうかな」

「もうですか？　騎士団って本当に忙しいんですね……」

「うーん……まあ、急に迷宮探索隊が注目されてるってだけかな。迷宮の異変が続いてるからね」

「そんなときに研究院がすみません。あの、携帯食の納品も遅れてしまう事になって……」

「ああ、それは本当に気にしないで。まずは献上して土台を作ってからだし、それに――ペルラの件は俺も無関係ではないからね」

「……え？　そうなんですか？」

ちょっと気になって聞いてはみたけど、レッテリオさんはヒラリと馬に乗り、曖昧《あいまい》に笑うだけ。

そして「それじゃあ、あとでハトよろしくね」と言い、振り返って見せた笑顔は、いつものレッテリオさんの笑みだった。

# 4 錬金術師はスライムがお好き

「やあ、初めまして。ツィツィ工房のミケーレ・ツィツィ・ジッリです。いやぁ、この度は興味深いご依頼を頂いて……！　すごく面白い実験ができました！　カンパネッラさんはいつもこんな自由な発想を？　私としてはスライムの――」

「工房長、一旦お待ちください。彼女が面食らってます」

招き入れたその人の後ろから制止が飛んで、ツィツィ工房の彼はピタと言葉を止めた。

「あ……初めまして。アイリス・カンパネッラです。どうぞアイリスと呼んでください。えっと……工房長さん」

ちょっとびっくりしたけど、私はなんとか挨拶をして笑顔をひねり出す。この人……この雰囲気に夜色のローブ姿。もしかしなくても絶対に錬金術師だ。

「ああ！　僕のこともどうぞミケーレでもツィツィでもお好きな方でお気軽に！　ちなみにこの『ツィツィ』ですが、工房の創設者である曾祖母の愛称でして、代々工房を受け継ぐ者に名前も受け継がれてまし――」

ツィツィ工房長さんが喋《しゃべ》り始めて数十秒。その背後から再び、今度は白い手が割り込んだ。彼を押しのけたローブのその袖は、星空のような光沢をもった藍色。

「工房長が失礼をしまして申し訳ございません。私はツィツィ工房の製造部門責任者、フィオレ・

トゥリッリと申します。フィオレと呼んでください、カンパネッラさん」

ローブとお揃いの短い髪と瞳。そして話し方も雰囲気も知的な女性……この人も錬金術師さんだろう。私よりちょっと年上くらいにしか見えないのに、有名なツィツィ工房の製造責任者だなんてすごい。

「よろしくお願いいたします、フィオレさん。どうぞアイリスとお呼びください」

「……フィオレ、もう僕も口を開いて良いかな？」

「若ツィツィ。お若いお嬢さんを怯《おび》えさせないよう、年相応に落ち着いた、工房長らしい雰囲気でお願いしますね？」

まるで上下関係が反転したような二人のやり取りに、私はうっそり微笑むしかない。

――いや、フィオレさんそれはもう……。

「手遅れにゃよね」

「錬金術師って～みんなおもしろいよねぇ～」

「わ、ルルススくん、イグニス……！　しぃー！」

私の陰からヒヨコっと顔を覗かせた二人が、素直なそんな言葉を口にする。

うん、ほんと確かにそうなんだけど、こんな感じでも老舗工房の工房長さんだから……！

「っ！　ケッ……トシー……！」

「こちらは……炎の精霊《サラマンダー》ですか……！」

二人の目がキラッキラに輝いている。ああもう、これは錬金術師――それも研究馬鹿に入る部類だと思う。多分、きっと、絶対だ！

「取り乱しまして……失礼しました」

耳を朱に染めたフィオレさんが照れ臭そうに謝罪した。

彼女は炎の精霊《サラマンダー》が大好きで、いつか契約をと望んでいたけどなかなか出会えず……。まさかここで炎の精霊《サラマンダー》の姿を見れるとは！　と思わず喜びが溢《あふ》れたらしい。

「ん～ん～いいよ～くふふふ～ん！」

きちんとした挨拶をもらい、更に「素敵《すてき》！　愛らしくも威厳のある姿！」と褒められたので、イグニスはご機嫌だ。

そしてこちらはと言うと……。

「ごめんね、ケットシーに会うなんて久し振りだったからつい！　つい！　ああ、ルルススさん、是非あとで商品を見せてください！　実は僕、いま欲しい物がありましてね？　北部の湖で初春に採れる『エルフの涙』なのですが……」

「あるにゃよ」

「ほっ、本当に⁉　さすがケットシー！　噂の旅商人、風のルルススさん！　では早速――」

「あの！　ツィツィさん！」

私は大きな声で二人の間に割り込んだ。

「まずはお願いしていた『乾燥スライム』のお話をしましょう！　あの、まだ外にそちらの工房の方もいらっしゃいますし、品物もありますよね？」

「――あ。そうでした。いやいやアイリスさん申し訳ない！　つい夢中になってしまって……ルルスさん、是非、あとでじっくりお話を……！」

「はいにゃ。じっくり……じっくりにゃ……」

きっと儲け話なのだろう。ニャシシと悪い顔で楽しそうに笑っている。

一方ツィツィさん――フワッフワの亜麻《あま》色の髪と灰色の瞳をした男性だけど、本来は女性の愛称である工房名の『ツィツィ』と呼ばせてもらうことにした。

そして玄関扉を開けると、呆れ顔の男性が「やっとか……！」と馬車の荷台から飛び降り、荷物を運び入れてくれた。


「えっ？　あの、これ、ちょっと多くないです……か？」

テーブルの上に積まれた袋は五つ。多分、一袋五キログくらいあると思う。それから標準サイズの木箱が三つと、保存紙《ラップ》の大きなロールが二巻き、見たところ二種類ある。

私がした依頼内容は『乾燥スライムを砕く』だったはず。確かに乾燥スライムを使った実験の許可はしたけど……この大荷物はどういうこと……⁉

「はい。それにつきましては私から――」

キラリ。フィオレさんの藍色が煌めいた。

ああこれ、研究馬鹿の錬金術師の目だ……！

「――と、いうわけです。この五日間……とても充実しました……！」

「そう、ですか。お役に立ててよかったです……」

並んだ袋と箱の中身を見て、その説明を聞き、私は顔を引きつらせた。この二人、研究馬鹿すぎる……！

まず袋の中身。これは砕いた乾燥スライム――が、五種類。左から、砕いただけのもの、砕いて挽《ひ》いたもの、更に粗さを変え、挽いた粉状のもの。これが三段階、三種類あった。

保存紙《ラップ》のロールは、普通の保存紙《ラップ》と上保存紙《ラップ》の二種類。箱の方も保存紙《ラップ》だ。

これ、私はあらかじめ小さく切って使っていると伝えていたので、適当な大きさに断裁したものを箱詰めにしてくれたのだ。もうひと箱には、大きく長い一本の保存紙《ラップ》ロールを、大体二十センチの幅に切ったものが入っていた。これは持ち運びにも便利そうだし、好きな長さに切れるので、採取先でも工房でも活躍しそうだ！

それから最後のひと箱。これにはちょっと驚かされたし、嬉しかった。

ツィツィさんは手紙に『どんなものが作れるか実験したい』と書いていたので、私はそれならと、返信の中に『乾燥スライムで作りたいもの』を書き添えたのだ。ちょっと図々しいかな？　とも思ったけど、欲しいものを作ってもらえるかも……と、ダメ元で書いてみた。

私がリクエストしたのは、付与効果ナシで気軽に使える『失敗上保存紙《ラップ》』と、軽くて柔らかいけど耐久性のある『スライム容器』の二つだ。

「うわぁ〜！　さすがプロですね……‼　こんな短期間で作っちゃうなんて……！」

そう。パンはパン職人に、スライムはスライム専門のツィツィ工房に！

見習いとしては自分で作るのが正しいのだろうけど、残念ながら私は、生活のために良い携帯食を作り納品しなければならない。自分で試行錯誤をする余裕が今はないのだ。それに私では力不足。レシピを考えるだけであっという間に五日が過ぎるだろう。

「いやぁ〜アイリスさんこそ！　『失敗上保存紙《ラップ》』――ああ、仮で『簡易保存紙《ラップ》』と呼んでるんですが、これは本当に衝撃でした。僕は錬金術師が作るものには何かしらの効果付与をするべき……と、固定観念に囚《とら》われていました。いやいやお恥ずかしい……ねえ！　フィオレ！」

「はい。わざと失敗し厚みを出して強度を上げたり、効果付与をしなかったり……その発想は我々にはありませんでした。工程をはぶき効果付与もないので、安価に作ることもできます。更に工房としては、乾燥破砕し混ぜ合わせることによって、これまで廃棄するしかなかった低品質スライムも素材として使用できましたし、本当に有難い限りです……！」

「え、あの……こちらこそ……！」

　興奮気味の二人に圧倒されてしまう。さすがスライム専門……！　それにしても、ただの思い付きだった保存紙《ラップ》をこんな風に評価してもらえるだなんて……ちょっとくすぐったい。

「それから『スライム容器』ですね！　軽さと強度の二つを備え、効果も付与すれば三つ、四つと更に便利な物に……！　ああ、今回はとりあえず二種類だけ試作をしてみました」

　フィオレさんが手にしたのは、見た目にはほとんど変わらない二つの『スライム容器』だ。どちらも四角い箱型で、深さ十センチ程度。蓋が付いていて、大きさは両手に乗るくらい。

「あの、蓋の色が違うのはどうしてですか？」

片方は半透明の乳白色で、もう片方は薄い緑色をしている。

「ああそれは、乳白色の方が付与効果なし、緑色の方は【状態保持】の効果付きになっています。とりあえず十個ずつ、計二十個ありますので使ってみてください。是非、使用感を教えていただきたく！」

ガシッと手を握られ力強い握手をされた。そして私が頷くと、フィオレさんは手の力を緩め、滲みだすような笑顔を見せた。

「本当に……今回は心躍る実験ができました……。アイリスさん、ありがとう。私は保存紙《ラップ》の改良にばかり固執してしまっていたことに気が付きました。効果付与についても同様で……全く、我々もスライムのような、柔軟な思考を身に付けなければと思い知らされました。ねぇ、若ツィツィ」

「ああ、本当に。スライムが粉にも容器にもなるだなんて……本当に固定観念は恐ろしい！　見習いさんならではの柔軟な発想ですね。気付きをありがとう。アイリスさん」

「い、いえ、そんな……！」

一気に顔が熱くなった。きっと耳まで赤い。だって、絶対に優秀な大先輩である錬金術師に、こんな風に正面から褒めてもらえるだなんて……！　ちょっと嬉しくて震えてしまいそう。

それに二人とも、本当に楽しそうに、嬉しそうにニコニコしながら今回の実験を語ってくれて……。その切っ掛けが私のアイデアだなんて、私こそお礼を言いたいくらいだ。

「ああ、スライム……柔軟で可能性に満ちた素晴らしい素材……嗚呼《ああ》！　スライム‼　ねえ、アイリスさん！　スライムってイイよね⁉　素晴らしいと思うよね‼」

「は、はい。スライムって面白いです」

この『スライム容器』は、チョコの型に使ったあの柔らかい素材と同じ物。でもこれにはある程度の硬さがある。厚さは五ミリメ程度と薄いのに、あのチョコ型のようにフニャっとはしていない。

しかしこう、指で押してみたり軽く曲げてみたりすると――。うん、歪《ゆが》むけど硬さは保ったまま、力を受け止めてくれる柔軟さがある。

全く同じ素材のはずなのに、こんなに状態に違いが出るなんて！　きっと何かを混ぜて硬度を高めたのだろう。一体何を混ぜたのか……すごく気になる。

「あ、そうだ、これって温かい物を入れても大丈夫ですか？　あと逆に冷たい物とか……寒冷地でも割れたりしないかな？　あ、逆に熱で溶けたりなんかは……」

私が携帯食の容器として使う上で気になったことを質問すると、二人は目を見開きそして、ニヤァ……と、心底嬉しそうな笑みを浮かべ口を開いた。

「ふふっ……スライム界に将来有望な見習いさんが……！」

「目の付け所が良いです。その辺りはこれからじっくり研究しようと思っていまして！　そうだ、アイリスさんも共同研究……ああ、まだ見習いさんでしたね、では先に……」

「あ、あの、共同研究ではなくて、私に製品のお試しをさせてくれませんか⁉　今日いただいたスライム容器のように、これからお二人が改良される容器も色々と試して、使用感や気付いたことをお知らせするような……！」

「試作品のモニターってやつにゃね。絶対に必要にゃことにゃ」

「くふ～熱々にするのはぼくに任せてねぇ～！　焼いちゃうよぉ～！」

そう言ったルススくんとイグニスは、試作品の山をどけたテーブルの端っこでお茶を楽しんでいた。なんて和《なご》やかな光景だろう。それに比べて……。

私の目の前では、何かを思い付いたのか「ぐふふ……」と妙な笑みを零すツィツィ工房の二人が目の色を変え、早速なにやら書き付けていた。


すっかり気の抜けてしまった白玉檸檬ソーダのグラスを下げ、アイスティーを淹《い》れ直す。ストレートでも美味しいけど、なんだかちょっと疲れたので少し甘さを足そう。

私は小さな缶を開け、菫《すみれ》の砂糖漬けを一つ、二つとグラスの中へ。しばらくすれば砂糖は溶けて、可憐な紫の花がアイスティーを飾るだろう。

「そうだ、アレもあの二人なら喜んでくれそう……！」

「お待たせしました。ひと息入れませんか？」

アイスティーとクッキーをテーブルへ。このクッキーは私が魔石を使ってオーブンで焼いた物だから、ポーション効果の心配はない。

「ああ、これは有難い。ちょっと喋りすぎましたね！」

「いただきます。あ、菫が素敵……ん？　これは？」

思った通り。フィオレさんがすぐにゼリーに気が付いた。

「ゼリーです。アイスティーと一緒に食べても、スプーンで掬《すく》っても、お好きな方でどうぞ」

私はグラスに柄《え》の長いスプーンを挿《さ》して、二人へ差し出した。

今日のゼリーはアイスティーに合う透明で、兎花を散らしてある。ほのかな甘みに加え、見た目も可愛らしくて大成功。そうだ、夏はこんな風にしたゼリーを凍らせるのも良いかもしれない。

「へぇ！　面白いですね。飲み物にゼリーか……──ンン⁉」

「アイリスさん、これ、この食感もしかして……！」

二人の顔に喜色が広がり、頬が薄桃色に染まった。

「はい！　スライムです‼」

「お、美味しい！　我々が作ったスライムゼリーとは全然違う……！　何故⁉　どうして⁉」

「本当です……！　それにほのかに甘い……！　硬すぎて噛《か》み切れなかったり、ほぼ水だったりしたあのゼリーとは別物……！　嫌な臭いもしませんし、何が違うんでしょう？　アイリスさんこれの作り方は……！」

喜んでくれるとは思っていたけど、まさかこれ程までとは。それに既にスライムを試食済みだったとは予想していなかった。……いや、あの研究馬鹿っぷりなら当然か。

「えっとですね、まずこれは粉にしたスライムを使っていて、あと裏ごしと【苦み取り】で不純物の除去もしています。それから兎花とゼラチンも混ぜてます。スライムだけだとフィオレさんの言う通り食べれたものじゃなかったので……」

ちなみにこのゼリーは、レッテリオさんに出した【ポーション効果】有りのゼリーとは別。クッキーと同様、これにもポーション効果はない。これはイグニスの手を借りず自力で少量だけ作った、スライムが上手く固まるか、食感はどうかを試した最初の試作品だ。

「なるほど……そうか、粉まで挽くことによって柔らかくなったのか。……アイリスさん、レシピの買い取りは可能ですか？」

「アイリスさんは簡単な技術を応用することが多いんですね。見習いさんならではかもしれません……若ツィツィ、例えばですが――」

二人はゼリーに釘付けで、何やら専門家にしか分からないスライム論を交わしている。これはクッキーじゃなくて、実はもう一つの試作スライム菓子『王様木苺《ベリー》のスライムババロア』を出すべきだったかな？

そんな風に思いつつクッキーを齧っていた私は、ふと視線を感じ、目をそちらへ。するとツィツィさんが、熱く真剣な目で私を見つめていた。ジッと、焦げるんじゃないかという程の目線に思わず後ずさってしまう。

「あ、あの？　ツィツィさん……？」

「アイリスさん、やっぱりモニターだけでは足りません。共同研究をしましょう！　是非！　我が工房へいらしてください！　何でもいい、ただ工房にいてくれるだけで……！　僕は、あなたが欲しい……‼」

大きな声で放たれたその真っ直ぐな言葉は、私とイグニスを一瞬で固まらせた。

「な、なに～言ってるのぉ～⁉　アイリスはあげないよぉ～⁉」

「ああ！　イグニスさん、アイリスさん大丈夫です。この人は言い方を間違えているだけです。正確に言うと、私たちは『あなたの発想が欲しい』のです」

「あ……よかった……」

私はハァーっと大きく息を吐いた。

うん、そうだよね。びっくりした。それは正しく言わないと色々問題が出てくる発言ですよ、ツィツィさん。

「あの……お気持ちは有難いのですが、ご覧の通り、私はまだ見習いなので工房にお邪魔しての共同研究は難しいです。ですので、モニターやレシピの件も含めて、一度師匠に伺いを立ててもよろしいでしょうか？」

レシピの買い取りについては、特に聞いてみた方が良さそうだしね。イリーナ先生の手紙には、特許申請の為に携帯食のレシピを用意しなさいって書かれてたけど、他にも何か新しい物を作ったら～とも書かれていた。

それに事後報告になってしまうけど、乾燥スライムを使った製法についても確認しておきたい。

「そうですね。アイリスさんのお師匠は、王立錬金術研究院所属でこの工房主のイリーナですよね？」

「えっ、はい。ご存知なんですか……？」

「勿論！　彼女とは一時期同じ研究室でしてね、僕の後輩にあたるのですが……まぁ、優秀な彼女にも、先輩として教えることもあったんですよ？」

「へぇ～！」

先生の昔話を聞く機会はなかなかないので、もう少し詳しく聞いてみたいと好奇心が湧いてくる。

イリーナ先生はどんな学生で、自分の研究室を持つ前はどんな研究員だったんだろう？

「もしよかったら、僕が直接彼女と話をしてみても？」

「あ、はい。では私から――」

言うや否や、ツィツィさんは青色魔石を取り出し杖《つえ》で突いて声を吹き込む。声便《ツグミ》だ。

「錬金術師イリーナ、ツィツィ工房のミケーレです。お弟子さんとの共同開発について相談したいので『直通ツグミ』を飛ばして良いですか？」

やることが早い。まさか今ここで相談をするとは思わなかった。それに『直通ツグミ』に必要な――。

ドン！　と、虹色水晶が机の上に。置いたのはフィオレさんだ。そうか、彼女の鞄も【ふしぎ鞄】だったのか。

「大きにゃ青色魔石が付いてるにゃ。あれにゃらみんなでお話しできるにゃね。さすが一流工房にゃ。時は金なりにゃ～」

「あ、本当だ……」

虹色水晶は【増幅】の効果を持っている。普通のツグミは、声入りの魔石を転送便で受け取って、聞いたら返事を吹き込みまた返す……というやり取りになる。だが直通ツグミは、核となる青色魔石を介し、リアルタイムの会話ができるのだ。

「ルルススくん、私、直通ツグミって初めて……！」

ちょっとワクワクしてしまう。虹色水晶は高価なので個人で持っているのは稀《まれ》なのだ。よっぽど腕っぷしが強くて自分で採取に行ける者か、懐に余裕がある一部の者しか持っていない。

『――お久し振りです、ミケーレ。まったく……突然すぎますよ？　ツグミの前にハトをくださいって昔から言っていますよね？　たまたま研究室にいたので良いですが……。さて、アイリスのことですね？　お話しいたしましょう』

帰って来た青色魔石がイリーナ先生の声で語り終えると、虹色水晶が輝き始めた。

ツィツィさんが杖を振り『ことば』を呟く。すると水晶を起点にさざ波が起き、私たちを包むように波紋が広がった。

「僕が一番親しいのが水の精霊《ウンディーネ》なんです。これでこの部屋にいる皆で話ができます」

一対一の会話ではなく複数人でなんて……！　ツィツィさんが広げた波紋は複雑で高度な魔術だ。

私は失礼ながら、初めてツィツィさんが先生よりも先輩の、凄い錬金術師なんだと実感した。

『それでは、基本的かつ最低限の部分だけ決めてしまいましょう。アイリスは、アイデアの提供と試作品の使用感を伝えること。ツィツィ工房からは、アイデア料としてアイリスが必要な量の保存紙《ラップ》と、完成した製品を提供すること。よろしくて？』

「はい！」

「はい。よろしくお願いいたします。アイリスさん、イリーナ」

『ええ。それではフィオレさん、レシピの扱いや契約期間、細かい部分の取り決めなどは後日行いましょう。アイリス、私《わたくし》に任せてしまって良いのね？』

「はい。お忙しい先生には申し訳ないのですが、私では契約の常識も相場もよく分かりませんので……お願いします！」

イリーナ先生のことは尊敬してるし信頼している。だから任せた方が絶対に安心だ。

あ、別にツィツィさんたちを信用できない訳ではない。でも商取引のルールなんて、分からないものは分からない。

『分かりました。では、あなたは自分のやるべきことをしっかりとね』

「はい！」

そして先生とフィオレさんがいくつか言葉を交わし終えると、私たちを取り囲むように広がっていたさざ波が、今度は水晶に向かって波を立て、最後は『場』を仕舞うよう、静かに引いていった。

「それじゃあアイリスさん！　改めて、僕と末永くよろしく!!」

「ツィツィ工房と末永く、でしょう、若ツィツィ。アイリスさん怖がらなくても大丈夫です。この人、本当にスライムが好きなだけの人なので危険はありません。私が保証します」

「あ、はい。大丈夫です。こちらこそ、よろしくお願いいたします」

あまりの笑顔と熱っぽい視線にちょっと引いてしまったけど、ツィツィさんの気持ちは私ではなく、私の脳内にあるスライムに向かっているのが分かるので、私はおかしくて苦笑してしまう。

ツィツィさんって、本当に典型的な錬金術師すぎて——。

「面白くて残念な人なのにゃ～」

「錬金術師って～みんな～ちょっと変わってるよねぇ～」

その通りなんだけど……その言い方だとイグニス、私も変わってるってことになるよ!?

そしてこの後、私たちは再び握手を交わし、夜遅くまで錬金術談議を楽しむこととなる。

だって、スライムを使って作りたいもののアイデアなんて、それはもう沢山あるのだ。話が尽きることはない。……あれ？　そうなるとやっぱり私も、ちょっと変わった錬金術師の仲間……？

まず私が欲しいのは、スープを入れて持ち運べるスライム容器だ。スープは圧縮乾燥させる方向で考えているけど、いつどこでも水が十分にあるとは限らない。だからそのままで……容器に【ふしぎ鞄】のような効果が付与できないかと考えたのだ。

一人分の容量の容器に、十人分くらいが入れば十分だ。迷宮探索隊なら、それで全員の二食分になる。そのくらいの【ふしぎ鞄】……いや、【ふしぎ容器】にする効果付与なら、材料費も魔力も、作るための難易度も現実的な範囲だろう。

「スライム容器を色々展開するのは良いですね……うん、面白いものができそうだ！」

「あと形や大きさも、色々種類があるといいなと思うんです。食品だけでなく採取とか、素材の保管にも使いたいなと思って」

「確かに。素材用は私も是非欲しいですね。乾燥スライムを沢山入れて持ち運べる容器とか……」

「フィオレ、それ絶対に作ろう！　規格を揃えてしまえば……。そうだ、今までの容器の代用にもなるのか……」

「あ、例えば例えばポーション容器とか！　硝子製をスライム製に変えることができたら【強化】はいらなくなるし、持ち運びも便利になりますよね！」

「軽くて丈夫、割れる心配がない！　まさにスライム容器の利点ですね！　ああでも、薬品類は劣化の問題もあるから硝子に色々付与してるんですよね。スライムにもできるのかな……うーん」

「実験が必要にゃね。それから硝子ギルドとの軋轢《あつれき》も出てきそうにゃから、ポーションの品質によって棲《す》み分けとか……やるにゃらツィツィ工房は根回しが必要にゃね。大変にゃ！」

「若ツィツィ、その辺りは専門部署に相談の後、任せましょう！　私たちは開発です！」

「そうだね！」

「ん～……ぼく～森にお散歩いってくるねぇ～」

こうして、終わらない錬金術談議は夜まで賑やかに続いた。

# 5 小さな畑の王 レグとラス

「おはよ〜寝坊しちゃってごめんね、イグニス、ルルススくん」

太陽はとっくに上り切り、そろそろ真上も近い。

昨日は話が盛り上がりすぎて、ツィツィさんたちが帰ったのは閉門ギリギリの時刻だった。先生以外の錬金術師とじっくり話をするのは初めてで、勉強になることだらけだったし、スライムを専門とする二人の話はとても面白く、刺激も沢山もらってしまった。

その結果……気分の高揚がなかなか収まらず、朝までイリーナ先生へ送る【レシピ】を書いたり、新しく作りたいものの【レシピ】を調べてまとめたりしてしまった。

「も〜アイリスってばぁ〜。朝ごはんは〜ルルススと二人でおいし〜い厚切りベーコン乗せパン食べちゃったからねぇ〜」

「ルルススは粒マスタードたっぷりにして食べたんにゃけど、アイリスも使うにゃか？　ちにゃみにルルススたちは、早めのお昼ごはんを食べて畑に行こうと思っていたところにゃ」

「あ、畑！　私も行きたいから……そうだね、じゃあちょっと早めのお昼にしよっか！」

私は早速キッチンへ。早く畑へ行きたいし、お昼ごはんはササっと手早く済ませよう。私にとっては朝ごはんだけどね！

こんな日の定番は『森大蒜《もりにんにく》と乾燥赤茄子《ドライトマト》のピリ辛パスタ』だけど、ルルススくんは朝も辛い物だし、好きだとはいえ連続はちょっと胃が心配。

「うん、今日は簡単あっさりなアレにしよ！」

私は保冷庫から作り置きの目帚《バジル》ソースの瓶を手に取った。畑周りの目帚《バジル》が増えすぎたので、急遽《きゅうきょ》作ったシンプルなソースだ。目帚《バジル》に松の実、それから大蒜と塩胡椒少々。全て微塵切りにしてオリーブオイルと合わせれば完成！

アッサリ食べたかったらこのままで、好みで大蒜や炒めた玉葱を足しても良いし、パスタだけでなく、肉や魚のソースにしても美味しいので重宝している。

「パスタは細めのカッペリーニにしよ」

大鍋で麺を茹でる間にソースを調える。大き目のボウルに目帚《バジル》ソースを入れて、半分に切ったオイル漬けのオリーブを入れて混ぜるだけ。そして最後の仕上げは――。

「この上に置いて……っと」

錬成室から持って来た【冷却板】だ。ボウルに昨日もらったばかりの簡易保存紙《ラップ》を掛け板の上へ。

【冷却板】に使われているのは氷の魔石で、冷却温度はつまみで調節できる。仕組みは【プロメテウスの火】と同じだ。

「早く冷やしたいからつまみは最大にして、よし。お皿の用意しよ～っと」

本来は調合のときに使うものだけど、今日はソースとパスタを冷やすために使ってしまう。

「ふふっ、先生がいないからできることだよね」

麺が茹で上がり、サッと水にくぐらせ粗熱を取ったら冷却板上のボウルへ。キンキンに冷えたソースと絡めれば、細いカッペリーニはすぐに冷える。

「盛り付けて生ハムを散らせば……出来上がり！　二人とも～『目帚《バジル》と生ハムの冷製パスタ』出来たよ～！」

濃い緑の目帚《バジル》ソースに淡いピンク色の生ハムが映えて美味しそう！　それに黒いオリーブは、味にも見栄えにも良いアクセントになっているはず。

「わぁ～きれいだね～！　くふふ～冷たい～！」

「今日は暑いから丁度良いにゃ！　んん～！　目帚《バジル》の味が濃くて美味しいにゃ！」

「うん！　生ハムとも合ってる！　やっぱり夏は冷製パスタが美味しいねー」

きっと今日も畑では沢山お野菜が採れるだろうから……明日はゴロゴロ野菜の冷製パスタ、かな？

「わ、今日もすごいね！」

工房の裏手に作ったお試し農園は、ここのところ大盛況。鈴なりの野菜は大きく艶々に育っていて収穫までの速度もやけに早い。

そして今日も、畑にはいつの間にか住み着いた可愛い動物——精霊さんたちがいた。

「今日もいっぱいいるにゃねー！　ルルスもお手伝いするにゃ」

「くふふ～！　この畑いごこちが良いんだって～！　ぼくもお世話しよ～っと！」

「ハリネズミさんたち、今日もありがとうございます」

そう声を掛けると、私に気が付いたハリネズミたちが「キュキュッ」と鳴いたり、前脚を上げ挨拶を返してくれたりした。

そう。住み着いたのは何故かハリネズミだった。

最初は、森に元々住んでいる野生のハリネズミだと思っていたのだが、どうやらみんな大地の精霊《ノーム》らしい。多くは普通のハリネズミの大きさだし、ちょっと見ただけでは特に変わったところもなかったので、精霊だと気付かなかったのだ。

ただ、普通サイズの何倍も大きくて、たまに浮いたり飛んだりしているハリネズミもいる。きっと小さなハリネズミよりも魔力が強い精霊さんなのだろう。

彼らを最初に見たときにはびっくりした。

だって、すごく大きいし、可愛らしい王冠とティアラを着けているし、畑の害虫を取ったり作物の余計な葉を取ったり、適度に間引いたり！　昨日なんてどこからか新しい野菜の苗を持って来て、小さなハリネズミたちを指揮して植えてくれたりもしていた。

私はまだお話ししてもらえてないけど、ルルススくんやイグニスは仲良く一緒にお世話をしてるらしい。

「いいなぁ……」

私は畑の草を取りながら、つい呟いた。

精霊さんにお話ししてもらえないのはちょっと寂しいけど仕方ない。きっとまだ私は、彼らにとって未熟で相手にならない存在なのだろう。でもこの畑を気に入ってもらえて、住み着いてもらえたことがとても嬉しい。私もいつかお話しできるよう精進しよう！

「それにしても働き者のハリネズミさんたちだなあ」

負けてられない！　と草取りをしていると、五匹のハリネズミが私の方へ、籠を運んで来てくれた。どうぞ、と言うように私へ籠を差し出してくれたので受け取ると……中にはすごく大きな艶々プリプリの赤茄子《トマト》が！

「収穫して来てくれたんだね！　ありがとう！」

お礼を言うと、今度は私の靴をテシテシ叩いたり、足下をグルグル回ったり脚をよじ登ったり、ただじっと見上げられたり。小さな精霊であるハリネズミたちが、一体何を伝えたいのか私には分からず困っていると、イグニスが飛んできた。

「アイリス～この子たち～一緒に作業しよ～ってさそってるんだよぉ～！」

「えっ、そうなの⁉」

だって、収穫作業はあの大きなハリネズミさんたちが指揮をしているのだ。きっと力のある精霊さんだろうからと、緊張してしまって挨拶が精一杯。近くで作業をしたことはない。

「いいの？　ハリネズミさんたち」

足下に話しかけると、五匹がにぱーと笑って頷いた。

「アイリスー早く来るのにゃー上の方の採ってほしいのにゃー」

「いこ～アイリス～」

「うん！」

チラリと私を見た大きなハリネズミの精霊さんに、私は「お邪魔します！」と言ってから収穫作業に加わった。

こんなに近くで大地の精霊《ノーム》の力を見るのは久し振りでなんだか嬉しい。きっとこのハリネズミさんたちは、作物を育てるのが好きで得意なのだろう。前に工房にいた大地の精霊《ノーム》は、花を育てるのが得意で蝶の姿をしていた。

同じ大地の精霊《ノーム》でも、精霊の得意分野はそれぞれ違っていて興味深く面白い。

例えば……分かりやすいのは水の精霊《ウンディーネ》だろう。同じ水の精霊《ウンディーネ》でも川に住む者、海に住む者で得意なことが違う。

川に住む者でも海水を扱えるが、得意なのは真水を生み出し扱うこと。逆に海に住む者は、海水や波を扱うのが得意だが、真水を扱うのは川の者には敵わない。それから面白いのは雪や氷の地域に住んでいる者だ。雪も氷も元々は水だけど、彼らは『雪の精霊』『氷の精霊』と呼ばれている。

大きな属性の中では『水』だけど、その中でも生息地などにより性質が変化し、細分化されているのだ。

「アイリス～？　手が止まってるよぉ～？」

「あっ、ごめん。ちょっと嬉しくてハリネズミさんたちを眺めちゃってた」

イグニスとルルススくん、ハリネズミさんたちとの収穫作業は、それはもう賑やかに、効率的に終了した。

そして休憩を挟むとルルススくんは畑作業へ戻り、私とイグニスは一足先に工房へ戻りキッチンへ。ペルラ行きのこともあるし野菜の保管庫にも限りがあるので……今日までに収穫したこの大量の野菜を使ってスープを作るのだ！

キッチンには三つの鍋。煮込んでいる途中の大鍋が二つと、空の鍋が一つだ。

コトコト煮込まれている鍋の蓋を開けると……ふわ～っと！　深く華やかな匂いが一気に立ち上る。

「うん、いい感じ！　綺麗な琥珀《こはく》色になってる～！」

「んわわ～！　いい匂い～！」

二つの鍋は、本当は朝から作る予定だったコンソメスープだ。私が寝坊してしまったので、作業の合間に様子を見つつ、イグニスの力も借りて時短で作っていた。

「ね～！　味はどうかな……うん、美味しい！　はい、イグニスも一口どうぞ！」

「ん～！　いい香りがふわ～って！　口も鼻もおいしいよぉ～！」

なんだか予想以上に美味しくできてしまった。レシピはいつもと変わらないはずだけど、もしかしてこれがイグニスと大地の精霊《ノーム》の力だろうか。ハリネズミさんたちのお世話のおかげで野菜の旨味が増え、お料理が得意なイグニスの力で味が上昇……？

「まさかイグニスの出汁……」

「ん～？　なぁに～？」

イグニスは小皿に入れたおかわりスープをまだ飲んでいる。二杯目だ。

「ううん。あのねイグニス、味見が終わったらこっちの鍋だけ、スープをもっと煮詰めてくれるかな？　ボソボソのフレーク状になるまで煮詰めちゃってほしいの」

「いいよ～！　焦がさないように～少しずつ～じっくりコトコトだね～！」

「うん！」

せっかくのスープをそんな風に煮詰めるには訳がある。携帯食にしようと思ったのだ。

温かいスープがあれば体が温まるし、きっとまだ在庫があるだろう、堅いパンもこれで美味しく食べられるはず。だけど荷物になる水筒はいくつも持ち歩くことはできない。

それならば、水分を無くして小さく軽くしてしまえば良い！　という訳だ。

フレーク状にまで煮詰まったら、角砂糖より少し大きめの四角い型で固め『スープキューブ』を作る。そうすれば持ち運び面は解決！　イグニスが煮詰めてくれれば回復効果も付き、カップ一杯のお湯で溶かすだけで簡単に美味しい【スープポーション】になる。

「んん～……コットコト～！」

キラキラと、イグニスが生み出した熱が鍋を包み込む。

いつもは一瞬で完成してしまうイグニスのお料理だけど、今日はちょっと時間がかかっているようだ。キラキラした魔力がしばらく舞い続けている。

焦がさないようにする調節が難しいのかもしれない。面倒な事をお願いしてしまったかな？　と窺ってみるとイグニスは「じっくり～コトコト～くふふ～」と、鼻歌を歌っていた。

うん、楽しみながらやってもらえていて良かった！

「さてさて、私はもう一つの鍋に……っと」

こちらは今日収穫した赤茄子《トマト》がメインのスープだ。赤茄子《トマト》と玉葱は作り置きソースを作る要領で細かく切って先に煮込み始める。

　そこへ、蔓無南瓜《ズッキーニ》、馬鈴薯《じゃがいも》、彩人参《あやにんじん》、蘭三葉《セロリ》、甘唐辛子《パプリカ》など、一センチ大の角切りにし、炒めた夏野菜を入れる。ああ、ベーコンも忘れてはいけない。それから迷迭香《ローズマリー》、花薄荷《オレガノ》、月桂樹《ローリエ》などのハーブも入れる。

　煮込む鍋は、赤、黄色、オレンジに明るい緑と、鮮やかな夏野菜でいっぱいだ。

　灰汁《あく》を取ったらもう一方の鍋、コンソメスープを入れ、塩胡椒で味を調えて――。

「うん、いい味！　ミネストローネの出来上がり！」

「んん～おいしそうだねぇ～！　お肉も入ってるぅ～？」

「ベーコンが入ってるよ！　イグニスの方はどう？」

「上手にできたよ～！　早くいっしょに固めよ～！」

　コンソメのお鍋を覗くと綺麗な琥珀色のまま、しっとりのフレークが出来ていた。さすがイグニス！

「あ、スープ出来てるにゃね～！　使うかにゃと思って香芹《パセリ》摘んできたにゃよ」

「わ、ありがとうルルススくん！　畑作業もお疲れ様！」

「あと、アイリスにお客様にゃ！」

　香芹《パセリ》を花束のようにして抱えたルルススくんがニャシシと笑い、ぴょん！　と横へ飛ぶ。すると姿を見せたのは――。

「おいおい、おれたちの赤茄子《トマト》が大活躍だな！」

「あらあら、美味しそうなミネストローネ！　なんだかあの子みたいで懐かしいですわ！」

「えっ」

そこに居たのは、畑で見かけたあの大きな大きな二匹のハリネズミ。

「王様にゃ」

「女王さまも〜！」

王様に、女王様……⁉

「お、王様と女王様って、もしかして……？」

私はハリネズミ——畑の大地の精霊《ノーム》たちを見つめた。

「へいへい、勝手にお邪魔したぜ！」

「まあまあ、驚かせたかしら？」

フヨフヨと浮かび私の顔を覗き込む二匹——いや、二人はニッコリ笑う。

「アイリス〜こっちが王様で〜こっちが女王様だよぉ〜！」

「話すのは初めてだな！　見習い錬金術師っ子！　おれはレグだ！」

「はじめまして、見習い錬金術師さん。わたしはラスですわ」

二人とも私が両手で抱える程の大きさで、男女なので声は違うけどお顔はそっくり。

背中の針が金色で威勢の良い話し方をするのがレグ。男の子——いや、ルルススくんが言うには……王様？　確かに小さな王冠をかぶっている。それからこちらの銀色の針を持っているのがラス。

おっとりお嬢様っぽい話し方をする、ティアラを着けた彼女は女王様らしい。

「はじめまして！　アイリスです。あの、いつも畑の面倒を見てくださってありがとうございます！　お話しできて嬉しいです！」

「おいおい、嬉しいこと言ってくれるなぁ！　ま、畑は見習いたちの良い修行にもなってっからな！」

「うふふ、ここの畑はとっても素敵ね？　わたしも見習いたちも気に入ってますのよ」

見習いたちというのは、あの小さなハリネズミたちのことだろうか。もしかして、彼らが飛びも喋りもしてなかったのは、まだ見習いだったからなのかな？

「アイリス、この二人こそが畑の大豊作の理由にゃんにゃよ」

「畑はね～小さなハリネズミたちの学校なんだって～！」

「学校？　工房の畑が……？」

「そうですわ。あまりにも心地良い畑だったから……住み込みで、次代の大地の精霊《ノーム》たちに練習をさせてますの！」

「住みやすいぜ！」

意外なことを聞いてしまった。

精霊というものは、自然発生して個人で好きに生きているのだと思っていたけど、どうやら違ったらしい。もしかしたらこの森でだけかもしれないし、ハリネズミの大地の精霊《ノーム》たちだけの伝統かもしれないけど。精霊は自分たちの生き方をあまり話さない、未だ謎多き隣人だ。

「畑を気に入っていただけて嬉しいです。あの、でも聞いてもよろしいでしょうか？　どうしてうちの工房の畑に……？」

「あらあら、そんなこと？　簡単なことですわ」

「おれらはアイリスを見に来たんだぜ！」

「えっ、私を⁉　何か変なことしてましたか⁉」

そう言うと、王様レグと女王様ラスは柔らかそうなお腹を抱えて笑った。

「おいおい、自覚なしかよ！　面白いことしてただろ？」

「あなた、一人で森の守護樹のところで『もしあったら、パンを焼きたいので酵母をいただけませんか？』って、瓶を持参してこっそりお願いをしていたでしょう？　面白い子ねぇ……って仲間たちと笑っていたのよ？」

「ええ……っ⁉」

まさかアレを見られていたとは……！　ルルススくんに出会う前だったから酵母のあても、一から作る余裕もなくて、苦し紛れにこっそり駄目元で出掛けて行ったのに……！

「も～アイリスってば～そんなことしてたのぉ～？」

「契約もなしじゃ無理にゃのにゃ」

その通りだ。恥ずかしくて顔が熱くなってしまう。ああもう、イグニスにも秘密にしてたのに！

「うふふ。でもそのお蔭ですのよ？　わたしたちがこの畑を研修場に選んだのは——ああ、この森に住む大地の精霊《ノーム》はね、皆それぞれに担当する『畑』を持っていますの。森の中にも沢山の作物が生《な》っているでしょう？　その場所毎《ごと》に担当する精霊がいますの」

「で、おれらは今年の春生まれの奴らの研修場所を探しててな！　面白い見習い錬金術師を見物しに来たついでに見つけたココでやるか！　ってなったんだぜ！」

「そ、そうだったんですね……」

恥ずかしいやら嬉しいやら、ずっと観察されていただなんて……！　私はガクリと項垂れた。

これは……先生にはバレないようにしよう。森の精霊さんに安易に頼ってあんなお願いをしたなんて、バレたら絶対呆れられた上に怒られる。

「おいおい、見物されて嫌だったのか？」

「まあまあ、勝手に修行場にしたのもいけなかったかしら？」

レグとラスはちょっと首を傾げ、俯いた私を覗き込む。

「……いいえ！　選んでいただけて良かったです！　何と言ってもこんなに美味しくて素晴らしいお野菜を与えていただけて——あ、そうだこれ、お二人がお世話してくれたお野菜で作ったスープなんです。良かったら召し上がりませんか？」

私は色鮮やかに仕上がったミネストローネ鍋の蓋を開け、このハリネズミの王様と女王様を試食の食卓へ招待した。


テーブルには薄くカットしたパンとオリーブのピクルス。それから薄荷《ミント》を浮かべたシュワシュワの玉檸檬水ソーダと……お楽しみのミネストローネスープだ！

「んん～！　赤茄子《トマト》と……これ、玉葱と彩人参の甘みかな⁉」

「んにゃ～～！　赤茄子《トマト》も甘いし味濃いにゃ！　美味しいのにゃ～！」

「どこもかしこも～美味しいねぇ～！」

ルルスくんはよくフーフーしてから、イグニスは小さな舌でチロチロとスープを食べている。

そしてレグとラスの二人は――。

「あらあら！　とっても美味しくてよ⁉」

「へいへい！　おれの野菜から作って美味しくないわけねぇっつーの！　おかわり‼」

野菜の旨味と甘みが溶けたスープはみんなに大好評で、味見のつもりだったのに思った以上に減ってしまった。でも――。

「よかった」

私は呟いて、思わずフフッと笑みを零してしまう。

イグニス以外の精霊さんと接するのは久しぶりで、実はすごく緊張していたのだ。精霊は皆、自由気ままなので、万が一にでも怒らせてしまったらどうしよう？　と気を張っていた。それにこのスープは、ハリネズミさんたちがお世話をしてくれた野菜で作ったもの。もしこれが美味しくなかったら……きっと怒るだけじゃ済まなかっただろうなぁと思ってしまう。

……。もし失敗していたら、しばらくは森での採取が上手くできなかったかもしれない。ああ、恐ろしい……！


「ねぇ～ところでさぁ～レグとラスはさ～あ？　アイリスに～まだ何か用なのぉ～？」

さっきまでは機嫌も良く、二人とも仲良くしていたイグニスが何故か頬を「ぷぅっ」と膨らまし、若干尖らせた目で二人を見ていた。

「おいおい、炎の精霊《サラマンダー》はやっぱり怒りんぼなのか？」

「まあまあ、カッカするのは良くありませんよ？　心は温かい程度が良くってよ」

「んん～ぼくは炎の精霊《サラマンダー》だから～心は元から熱いんだもんねぇ～！」

ポンポン言葉が飛び交って、なんだか言い合いにも見えるけど、レグとラスは笑っているしイグニスも大人しいし……喧嘩ではなさそうだ。

私はホッとして、香芹《パセリ》をブチブチ手で千切り、たっぷりの追い香芹《パセリ》でスープを楽しんだ。ああ～このスープ本当に美味しい……！

「なあなあ、アイリス！」

「ねえねえ、アイリス」

お皿を下げていたときだった。レグとラスが揃って私の名を呼んだ。

「はい。どうかしましたか？」

「この工房、良い精霊と良いケットシーも住んでていいな！」

「この工房、前より綺麗だしアイリスも良い子だし、いいわね」

「あぁ～！　も～やっぱりぃ～！」

尻尾をビタンビタンと私の肩に打ち付け、イグニスが再び膨れっ面を見せる。

――え？　どういうこと？

「おれたちの野菜を美味しく料理してくれてアリガトな！」

「わたしたちの野菜を無駄なくお料理してくれてありがとう」

二人はフワリと浮き上がり私の目の前へ来ると、その胸から、透き通った新緑色をした魔石をそれぞれに差し出した。

「え……」

キラキラと輝くその中央には、古い文字で『小さな畑の王レグ』『小さな畑の女王ラス』と書かれている。

「おれたち、アイリスが気に入ったんだぜ！」

「わたしたち、アイリスの力を認めましたのよ」

「うそ……」

――これは、契約だ。

震えるような嬉しさが足の裏から突き上げてきて、体中を巡り出す。全く予想していなかった申し出に、驚きすぎて頭が真っ白になってしまった。

契約？　嘘、だって――私、スープしかあげてない！

「あの、本当に？　二人とも私と契約してくれるん……ですか？」

精霊との契約には、自分の力を見せて気に入ってもらうことが必要なのだ。だから普通はみんな、自分にできる一番難しくて高価な魔道具を作って契約を申し込む。私もこれまでそうして来た。

……残念ながら全敗だったけど。

「おれたちは双子だからな！　二人で力を合わせれば、その力は二倍になる！」

「わたしたちは双子だから、一人より二人一緒の方が力を発揮できますの」

本当に？　私を気に入ってくれて、力も認めてくれたと言うけど、でも――。

「ミネストローネをご馳走しただけですよ……？　確かに、イグニスに手伝ってもらったから少しの回復効果は付いてるけど……」

それって私の力ではないのでは？　すごいのは私じゃなくてイグニスだ。

「おいおい、言っただろ？　お前を観察してたって！」

「あらあら、難しく考えちゃいけませんわ」

そして二人は、フフッと笑い工房を見回した。

壁際の硝子サーバーにはスライムゼリー入りの玉檸檬水ソーダ。食料棚には試作したチョコレート棒（仮）、スライムで作った型はキッチンに。ツィツィ工房からもらった保存紙《ラップ》のロールに試作スライム容器が入った箱。パンを焼くための酵母の瓶も並んでいる。

「おれたちな、パン作りも乾燥スライムを砕いてたのも、チョコ作りも全部畑から見てたんだぜ！」

「わたしたち、頑張る見習いさんが大好きですの。一生懸命に取り組む姿は応援したくなるものでしてよ？」

その言葉は私の胸にじーんと染み込んだ。無計画で楽観的だったから躓《つまず》いて、そこから何とかがむしゃらにやってきただけなのに。まだイグニスやルルススくんに助けてもらうことが多いのに、そんな私を評価してくれるだなんて……。

「ありがとうございます。嬉しい……」

「……んんん～……ぼくのアイリスなのにぃ～……」

イグニスがボソッと呟いた。そして私は、その不機嫌の理由にやっと気が付く。

「ねえ、イグニス」

「……な～にぃ～？」

「イグニスは……私が二人と契約するの、嫌？」

イグニスの目をジッと見つめ、私は言った。

半月の形になった目が私を見つめ返している。

もしもイグニスが嫌だと言うのなら契約は諦めてもいい。私はそう思っている。だって、今まで私を支えてきてくれたのはイグニスなのだ。

私は、イグニスを一番に考えてあげたい。

「もぉ～……。そんなの～ぼくのせいで契約しない方が嫌だよぉ～！」

「え？」

「新しい契約精霊がくると～前からの精霊に～あんまり頼らなくなっちゃう子いたでしょ～？　だから～……ぼく、アイリスがそうなったら嫌だな～ってぇ～！　でもぉ～ぼくのせいで～アイリスが強くなれないのは～もっと嫌～!!　一人前になるには～もっと契約精霊が必要なんでしょ～？わかってるよぉ～！」

イグニスはそう言うと、ペトン！　と私の頬に抱き着いた。

「もぉ～！　アイリスはぼくのこと～……これからも頼ってくれるよね～？」

「当たり前だよ！　イグニスがいなくちゃ私なんて何もできなかったんだからね？　もう、そんな心配……あるわけないよ！」

ああ、イグニスこそ私を一番に考えてくれている。こんなヤキモチや不安を抱えながらも、私の成長を願ってくれている。

——こんな素敵な契約精霊、きっとなかなか出会えない！

「イグニス、大好き。ありがとう。それから、これからもよろしく……！」

「わぁ～ん！　アイリス～ぼくも大好き～!!」

私の頬にスリスリするイグニスを、私は掌で包み、その背中をそうっと撫でた。


「さあさあ、アイリス！　契約しようぜ。おれのことはレグって呼べよな！」

「ではでは、アイリス。契約しましょうね！　わたしのことはラスって呼んで」

私は二つの魔石に指で触れ、その中へ魔力を注入していく。すると新緑色だった魔石に蒼紫色が混じり、マーブル模様ができる。そしたら自分の名前を古語で書き入れて——。

「契約完了……！」

レグとラスの魔石が輝き、パン！　と弾けて霧散した。そして光が私たち三人を包み込み、それぞれに降り注いでいく。

「うんうん、良い魔力だ！　アイリス！」

「あらあら、思っていた以上に素敵な魔力ね、アイリス」

弾けた魔石には契約精霊と契約者、双方の魔力が籠っている。降り注いだ魔力は各々に吸収され、契約が成立するのだ。

「レグ、ラス、これからよろしくお願いします！」

レグとラスの魔力は、とても深くて優しくて、太陽のように明るい魔力だった。

「なああ、アイリス。おれたちもイグニスのように顕現してたいんだけど、いいか？　基本的には畑仕事をしたいと思ってるんだ！」

「そうそう、それからもう一つお願いがありますの。アイリスのお料理をわたしたちも一緒に食べたいわ」

「うん、どちらも大丈夫だよ！　私は二人の好きなように暮らしてほしいと思ってるから……色々お願いすることもあると思うけど、よろしくね！」

「よろしく〜」

「よろしくにゃ！」

ご機嫌斜めだったイグニスもすっかりいつも通り。レグとラスもそんな姿を微笑ましく見てくれているし、ルルススくんとも良い雰囲気だ。


私の契約精霊は一人から一気に三人となった。試験には複数必要と言われていた、契約精霊の問題もこれで解決だ。強力な力を持つ炎の精霊《サラマンダー》と、身近で応用力が高い大地の精霊《ノーム》と契約できるなんて、私はとってもツイている！

それから、工房の仲間もイグニス、ルルススくん、レグとラス、そして私の五人となり、食卓も益々《ますます》賑やかになりそうだ。

「フフッ、これからが楽しみ……！　あ、ねえ？　レグとラスはお部屋どうする？　二人で一部屋が良いかな？」

ずっと顕現しているつもりなら、やっぱり落ち着けるお部屋が必要だろう。

「いやいや、いらない！　おれたちは畑の王だから！　家の中なんて落ち着かないぜ！」

「そうそう、わたしたちは緑の中にいるのが一番心地が良いの。だからお部屋は森の中が良いわ」

「そう？　……あ、じゃあ畑の横に小さなお部屋を作っても良い？　ベッドくらいは欲しくない？」

工房の一部屋では、大きすぎて落ち着かないかもしれないけど、二人のサイズに合ったベッドのある……小屋ならどうだろう？

「んー……緑と日の光を感じられる、おれたち専用の小屋ならいいな！」

「んー……フカフカのクッションも良いものよね？　あっても良いわ」

「にゃるほど～。それにゃらドールハウスみたいに、パカッと開けるタイプのお部屋はどうにゃ？　それにゃらきっと、森を感じてくつろげるにゃ！」

「ああ、それ良さそうだね！　レグとラスはどう？」

二人はコソコソ、コソコソ、と鼻を揺らしながらひと言ふた言。何やら頷き合い「頼んだぜ！」「頼んだわ！」と言った。

「ぼくは～新しいかごのベッドがいいと思うな～！　きっと気持ち良いよ～」

「いいな！　ふっかふかの葉っぱを敷き詰めたいぜ！」

「いいわね！　ふわふわのクッションと、お花も飾りましょう」

くふふ～、アハハ！　ウフフ……と、小さな小さなイグニスと、少し大きな二人は楽しそうにお部屋の希望を話し合っていた。


そしてその夜、レッテリオさんからハトが飛んできた。

ペルラへ出発するのは二日後。朝八刻半に城門前集合。

「うーん……明後日出発は大丈夫だけど、詳しい依頼内容は聞けず仕舞いだったなぁ」

でもまあ仕方がない。道中で話してくれるって書いてあるし、持って行った方が良い荷物についても書いてあった。まだレッテリオさん自身もどんな活動をするのかまでは分かっていないらしい。

でも採取に行ける装備と、使い慣れた錬金術道具を持って行った方が良さそうだ。だって私は『優秀な街の錬金術師』として向かうのだから……！

「緊張するなぁ……。でも――」

チラリと、壁に掛けておいたローブに目をやった。紺桔梗《こんききょう》色と呼ばれる紫がかった濃い紺色で、少し薄手の夏用で向こうが透けている。これもさっきイリーナ先生から届いたばかりだ。

私はローブを手に取りそっと体に当ててみた。そして恐る恐る鏡を見てみる。サイズはぴったり。それから意外と似合ってる……気もする。裏側がいつものローブと似た色だからかな？

「えへへ……嬉しい……」

これはまだ、私の『一人前のローブ』ではないけど、見習い色じゃないローブをまとう許可を貰えたのだ。ちょっぴり一人前に近づいたようで嬉しくて、ついこうして鏡を見てしまう。

「よし……頑張ろう！」

夜色のローブの重みは、私の気持ちを鼓舞させた。

# 6 灯台真珠が照らす海の街・ペルラ

「にゃ！　アイリス、今日は随分と早起きにゃね～」

階段を下りると、工房一の早起きルルスくんが毛づくろいをしていた。

「うん、おはよう！　ペルラまでは長いから、お昼のお弁当を作っていこうかなと思って！」

「それにゃら保管庫の作り置きパンはもうにゃいから焼かにゃきゃにゃね！　ルルスは、朝ごはんはパンケーキにしたにゃ」

「あれっ、パンって全部食べちゃったんだっけ⁉」

うっかりしていた。そういえば夕食のミネストローネが美味しすぎて、みんなでパンに森大蒜《もりにんにく》を塗っては焼いて……食べたんだった……！

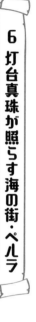

「そうだったー……レグとラスが来てくれた歓迎会でもあったから、見習いハリネズミさんたちもご招待して……」

「見習《みにゃら》いハリネズミたちの食欲すごかったにゃ」

あの、まともに食事を取れなかった数日間を反省して、暇を見てはパンを焼き【状態保持】の保管庫に貯蔵していたのだけど……。大地の精霊《ノーム》見習いのハリネズミたちの大群には勝てなかった。

みんな自分が作った野菜が美味しい料理になっていたのも嬉しかったようで、パンもスープもおかわり沢山したんだよね。ストックしておこうと思っていたコンソメスープの鍋も、一つは空になってしまった。

「パン、今から焼くにゃ？」

「うーん」

どうしよう。今日の約束は八刻半。少し前には城門前にいたいから、遅くとも八刻には家を出なければならない。

途中の街で食事を取れるかもしれないけど、何もかも用意してもらってるのでお弁当くらいは作って行きたい。それにペルラまでは順調に行って一日半だと聞いている。宿や食事のことを考えると……。一、二食分だとしても、できる節約はしたい……！

「うん。やっぱりお弁当を作ろう。これからパン生地を捏《こ》ねて発酵させて……ああでも時間がかかりすぎる。もう開門してるだろうから街に買いに行ってみようかな？　うう～ん……」

「え～？　アイリスもうおでかけ～？　今日はレッックんと海の街に行くんだよね～？」

「イグニス。うん、そうなんだけど……――」


「なぁんだ～！　それならぼくにまかせて～！」

お弁当用のパンがないと聞いたイグニスは何故か上機嫌。困っているのに、どうして？

「うーん……ま、そうだね。クレープとかまた古代パンでも――」

「ちがうよ～！　新技が～あるって言ったでしょ～？　ぼくにまかせて～！」

そういえば前にそんなことを言っていた気もする。

「本当に？　お願いして平気なの？」

「ぼくを信じて～！」

早く生地を作って～！　こねこね捏ねて～！　と追い立てられて、イグニスの新技が何か分からないままにパン作りが始まった。

どのくらい休憩できるかも分からないし、このままじゃ朝ごはんも抜きになっちゃいそうだから、お腹に溜まるどっしり系のパンが良いかな？

「……レッテリオさんに頼まれてたパンの試作も兼ねちゃおうかなぁ」

頼まれていたのはシンプルなパン。これまで携帯食にしていた、干し肉や保存食のパテがまだ残っているので、それと一緒に食べれる美味しいパンが欲しいと言っていた。

となると、空気を含んだフワフワもちもちのパンではなく、生地がギュッと詰まったどっしり系のパンが良いだろう。よく噛んで満腹感が増すようなものが良い。噛む度に甘みが出るような……。

少し考えて材料を混ぜ、生地を作っていく。今日のパンは、ライ麦粉にいつもの小麦粉を混ぜて作ろう。

「あ。イグニス、時間は大丈夫そう？」

「だいじょうぶだよ～！　ぼくは小麦の声をきいたから～！」

声？　小麦粉にも精霊がいるのだろうか……？　小麦の思念……？　いや、いたとして、炎の精霊《サラマンダー》であるイグニスがその声を聞くことができるだなんて、もう立派なお料理精霊だ……！

「こねるまでは～アイリスがやってねぇ～」

「ルルススも捏ねるにゃ」

パン作りというのは時間もかかるし、本当に体力勝負なのだと最近思う。前はたまーにしか捏ねなかった生地だけど、こう頻繁《ひんぱん》に捏ねていると……。

「腕に良い筋肉が付きそう！」

「いやにゃか？」

「ううん！　嬉しい！　力があった方が岩場とか木登りしての採取も楽になるし、重い図録や参考書の持ち運びでしょ？　あと薬研とか乳鉢を使った調合も上手くできそうだし！」

「にゃるほど～錬金術師にゃね～！」

ルルススくんはにゃっにゃっと笑った。


「イグニス、生地出来たよ！」

「それじゃいくよぉ～まずは発酵～！」

パアァっとオレンジ色の光が広がり、パン生地を優しく包み込む。そして見る見る間に、ボウルに入れた生地が二倍の大きさに膨らんだ。

「えっ」

「くふふ～。はいは～いアイリス～！　次の作業やってぇ～！」

「あっ、うん」

この生地、どう見ても触ってみても、一次発酵が終わってる。私は驚きを隠せないまま、ガス抜き作業をして生地を折り畳む。

「イグニス、できたよ」

「はいは～い！　じゃあ……にじ～!!」

先程より少し強い光が生地を包んだ。

この掛け声の「にじ～!!」って……まさかこれ、二次発酵をさせてるの!?　見守っているうちに、どうやら二次発酵も終えたよう。驚きしかないけども、もたもたしている暇はない。

三十セッチ程の田舎風パンになるよう生地を成形し切れ目《クープ》を入れて、再びイグニスの手を借りる。最後の発酵を終えたらいよいよ焼く作業だ。

「それじゃ焼くよぉ～！」

赤い光が生地の周りを渦巻き、火の粉のような光がキラキラと輝き舞うと、キッチンに香ばしい匂いが広がった。

そして――。

「こんがり～！」

顔より大きな田舎風パンが六つ。天板の上に出来上がっていた。

「い……イグニスすごい!!　すごいよ!?」

「くっふふ～！　ぼくの新技だよぉ～!!　すご～い？」

「凄いのにゃ～！　イグニス、もうパン職人にゃ！」

「すごい、凄い！　こんなあっという間の発酵なんて、いつの間に覚えたの!?」

「ん～？　いつも見てたから小麦が教えてくれたんだよ～」

小麦が教えて……？　あ、そういうことか！　発酵は熱によって起こる。だから……声！

イグニスはいつも生地の側《そば》に付いて発酵状態を観察していた。あれはどの程度の熱加減で、どう発酵していくのかを見極めていたんだ……！

「本当にすごいよ、イグニス!!」

焼き立てのライ麦パンを切ってみると、中身は狙った通り目が詰まったしっかりどっしり系。そして外皮はパリッと歯応えよく仕上がっている。

試しに一口食べて何度も噛むと、ほのかな甘みが広がりモッチリ食感もとても良い。塩辛い干し肉やパテともよく合いそうだ。

「はぁ。美味しい……イグニス本当にありがとう！」

「くふふ～！　早くぼくのパンでお弁当つくってお出かけしよ～！」

「そうにゃ！　具の用意はしておいたのにゃ！　赤茄子《トマト》も切ったし目帚《バジル》も摘んできたにゃ！」

「うん！　ザクザク切ってサンドウィッチ作っちゃおう！」


「よいしょ……っと！」

私は玄関扉を出てからリュックを背負った。迷宮のときのリュックは大きすぎたので、今日は少し小さいものにしている。そのせいもあってパンパンに膨らんでいるけど【重量軽減】が付いているので重さは問題ない。

それからイリーナ先生からもらった『一人前っぽいローブ』は荷物の中だ。今日は馬車移動なのでローブは着ていない。……あんな素敵なローブ、皺《しわ》だらけになんてしたくないもんね！

「それじゃあ、レグ、ラス。お留守番と畑をお願いします！」

朝の畑仕事を抜けてきた二人の後ろには、見習い大地の精霊《ノーム》のハリネズミさんたちも覗いている。

「おうおう、任せとけ！　畑も工房も心配いらないぜ！」

私は契約したばかりの二人に鍵を預け、工房を後にした。


今日は晴天。まさに馬車旅日和。

「ペルラまではにゃ、石畳の馬車道があるけど、雨だとやっぱり大変にゃ。アイリスはお天気に恵まれてるにゃ」

「そうなんだよねぇ～。アイリスって～お出かけとか～大切なときはいつも晴れるんだよ～」

「えへへ……晴れ女なんだよね！」

そんなことを話しているうちに城門前へ到着した。約束の朝八刻半の鐘はまだ鳴っていないけどそろそろのはず。

「レッテリオさんはまだなのかな？」

いや、もしかして見つけられていないだけかもしれない。だって、城門前は馬車が何台も停まっていて、街を出る馬車と入る馬車もひっきりなし。どの乗合馬車の周りにも人垣が出来ている。

多分レッテリオさんは騎士服姿だろうから見つけやすいと思うんだけど……。

「アイリス！」

レッテリオさんの声がして後ろを向くと、乗合馬車の待合所から少し離れた場所で手を振っていた。


「本当に立派な馬車ですね……」

荷物を荷台へ預け、私たちは馬車へと乗り込んだ。

座り心地の良いフカフカの座席に、見た目以上に広々とした車内。落ち着いた内装なのに、なんだかちょっと落ち着かない。

「距離があるからね。乗合は混んでるし、遅いし、座り心地も良くはない。それに依頼について話しておきたいこともあるし、俺たちだけの方が都合が良いだろう？」

「そうですね……」

だから心地良い馬車を用意した。と、レッテリオさんは向かい側で脚を組み、事もなげに言う。

そういうとこ、やっぱりレッテリオさんて貴族なんだなぁと思ってしまう。

だってこの馬車、装飾こそシンプルだけど海老茶と黒の車体は立派な造りだし。イグニスが覗き込んだ天井には、カバーに隠された魔石と陣が描いてあったそうだし、二頭立ての馬の馬具にも小さな魔石が輝いていた。

こんなに沢山の効果付与がされている高価な馬車、貸し切りで用意したら一体いくらになるのだろう？　もしも乗合で隣町までの距離だったとしても、その運賃は通常の倍じゃすまないはず。そんな馬車に土足で乗り込むなんて、庶民の私としては震える所業だ。

「ランベルトに速度も出る馬車を借りたから……ああ、正確にはヴェネスティ侯爵にだけど、馬車も御者も良いから、これならペルラへは夕刻には着けるはずだよ」

「そんなに早く⁉　私、着くのは明日だと思ってました」

それにしてもこの馬車、侯爵様が貸してくれたとは……。汚さないようにお行儀よく乗らなきゃ！　と、そう思った私の隣では、イグニスが座面で跳ねて遊んでいた。


「――今回の依頼主はペルラの次期太守《たいしゅ》。緊急にならざるを得ない事情があって、俺の実家を通じ、研究院に錬金術師の派遣を依頼したらしい」

予想外の依頼主に私は目を丸くした。次期太守って……⁉

私は頭の中の【レシピ】をめくり、ペルラの太守について検索する。

〝ヴェネスティ領の南に位置する、自由都市ペルラ。自治権を持つペルラの太守は、代々バルバロッサ伯爵家が担っており、現在の太守はグスターヴォ・バルバロッサ伯爵。長年に渡りペルラを治める。港湾都市ペルラを育て、民だけでなく周辺都市、船乗りたちからの信も厚い『海賊太守』〟

「えっ？　海賊太守って……」

「あれ、アイリス知らなかった？　あそこは元々海賊の家系なんだよ。今はさすがに違うけど、性質なのか船や海が好きでね。多分、アイリスが想像する貴族とはちょっと違うんじゃないかな。豪快で人情に厚くて、とても良い方だよ」

「そうなんですね。でも、今回の依頼主は太守様じゃないんですね」

「うん。まあ……あのお嬢様じゃなきゃこんな依頼の仕方はしなかっただろうね。不意打ちで飛び込むくせにいやらしい交渉もするんだよ、あそこは」

レッテリオさんはハァ、と溜息を吐いた。まるで知り合いのような口振りだ。

ああ、そうか。レッテリオさんの実家経由で依頼が来たんだから、レッテリオさんが知り合いでも不思議じゃない。それに『お嬢様』って……次期太守は女性なんだ。

「その、お嬢様は具体的に私に何を……？」

「――聞いてない」

「え？」

レッテリオさんは再び溜息を零した。

「具体的には何も分からない。……アイリスが術師イリーナから聞いたこと以上の情報はないんだ。ただ『ペルラだけでなく王国も困ることになる』としか口を割らなくて……ごめんね、アイリス。俺はアイリスをペルラへ連れて行って、あそこの独特な太守一族との橋渡しをする役目なんだ。準備もあるから詳細を、とは何度も言ったんだけど……」

「んにゃにゃ……海賊は意外と交渉事も上手にゃんにゃよね。これって依頼を達成しなくても罰則はにゃかったにゃよね？」

「ない。それは確約させてある」

私はホッと胸をなでおろす。海賊太守だとか豪快だとか、色々聞いてしまったのでちょっと不安になっていたのだ。

「先生の手紙には『炎の精霊《サラマンダー》と契約している錬金術師』が必要で『私の【レシピ】量を見込んで』ってことだけしか書いてなかったけど……」

「俺の予想だけど……多分、依頼は『永久灯台』に関することだと思う。ペルラと王国にとって重要で、炎が関係しているものはアレぐらいじゃないかと思うんだ」

ペルラの『永久灯台』？　有名な灯台があるって聞いたことはあるけど……そこまで大事な灯台なの？

「あの灯台周辺って水の精霊《ウンディーネ》がすっごく多いにゃよね。にゃんか特別なことをやってるにゃね、あの灯台」

ルルススくんがニヤっと笑いレッテリオさんを見上げた。

「うん。ルルススくんの想像通り。一般には『航海と海の守護』って言ってるけど、本当はね、強力な結界が張られてるんだ。魔物や海賊の排除と撃退が主な効果で、守護はそのオマケ。あの灯台に何か不具合があったのなら、今回の強引な派遣依頼にも納得がいくんだよね」

——結界を張っている灯台かぁ。

【レシピ】を求められているのなら、陣が欠損してしまったとか補強をしろとか……そんなところだろうか？　その程度ならきっと何とかなる。イグニスと契約したあと、『炎』に関する錬成陣や付与については一通り調べたし覚え込んだ。

でも、本当にそんなことなんだろうか……。私が見られる程度の資料を研究院が知らないとは思えない。それに『炎の精霊《サラマンダー》と契約している錬金術師』を、と指定したのも気になる。イグニスに負担をかけるようなことじゃなければ良いけど……。

「アイリス、大丈夫？」

弾かれるように顔を上げたら、レッテリオさんの顔が至近距離にあって驚いた。ずいっと身を乗り出して、私の目を覗き込んでいる。

「そんなに深刻に考えなくていいんだ。ペルラや王国が困ろうとも、これはアイリスが背負う問題じゃない。気軽にいこう、ね？」

「……いいんでしょうか？　それで」

「いいんだよ」

レッテリオさんはニコリと笑う。

「そうだ、もし早く解決できちゃったら、港で食べ歩きをしようよ。海の幸が美味しいお店を予約して、期日いっぱい楽しもうよ。素材採取にも行く？」

「行きたいです！　……あと、もし依頼達成できなくても美味しいもの巡りはしたいです」

「うん。そうしよう」

ちょっと強張《こわば》っていた私の頬に掌をぺちりと当て、レッテリオさんはそう言った。

「そうにゃ、そうにゃ。せっかく次期太守に呼ばれたんにゃから、いろーんなところで採取して帰ろうにゃ！　きっととっておきの場所にも入れてもらえるにゃ！」

ルルススくんはニヤシシ！　と悪だくみの笑いをし、やけに大人しいイグニスはというと――お腹を出して寝てました。

「くす～……くすす～……」

コンコン、と御者台辺りから車体を叩く音が聞こえた。何かの合図？　とレッテリオさんを見ると、微笑み頷いた。

「アイリス、ちょっと早いけどお昼にしようか。この先に休憩場所があってね、今日は屋台も出てると思うんだけど……」

「あ、私お弁当作ってきました！」

「え？　本当に？　嬉しいな、今日は何？」

「くふふ～！　今日のはね～え～……見てのお楽しみだよ～！　くふ～！」


馬車を停めたのは、ヴェネトスとペルラを結ぶ街道沿いに作られた停車場だった。宿場町以外で、安全に休めるこんな場所が用意されているのは珍しい。軽食や水を売っている屋台があり、人だけでなく馬用の水飲み場もちゃんとある。

そしてここは小高い丘になっていて、眼下にはペルラの街と海が広がっていた。

「わぁ……！　すごい！　海!!　あっ、あの辺りが旧市街ですね！　本当だ、街が迷路みたいになってる……！」

「そうだね。あのちょっと高台にある大きな建物が太守の館だよ」

海に張り出した半島部分が旧市街で、海岸や丘に広がっているのが新市街。ペルラの中心地である旧市街は、元砦だけあって厳《いか》めしい壁に囲まれているけど、街にはお揃いのオレンジ色の屋根と白い壁が立ち並んでいて、ここから見るとミニチュアのようで可愛らしい。

「海～！　ん～船も～いっぱい見えるねぇ～！」

「んにゃ！　あの遠くの白いのがペルラの『永久灯台』にゃね！」

ルルススくんが指さす方向の長細い半島には、確かに塔のように見える灯台が。今は昼だから灯りは見えないけど、夜になれば火が灯されるのだろう。

私は木陰で敷き布を広げ、ルルススくんに預けていたお弁当を出してもらう。【ふしぎ鞄】に入れていたから、サンドウィッチは出来立てのままだし飲み物も冷たいままだ。あ、御者さんは馬車で馬を見ながら食事を取ると言っていたので、サンドウィッチを渡しておいた。ポーション効果は付いてるけど、知らなければ気のせいで済むだろうし、もし気付かれたとしても「彼は口が堅いから大丈夫だよ」とレッテリオさんも笑顔で頷いてくれたので心配はない。


「ね、ね～レッく～ん！　今日のサンドウィッチはね～ぼくが焼いた新作パンなんだよ～！」

「すごいのにゃ！　すごくて美味しいんにゃよ！」

「新作？　楽しみだ――待ってアイリス、その前にこれ、何？」

レッテリオさんが飲み物のボトルを手に取った。今日は玉檸檬に加え夏橙《なつだいだい》も入れたので、黄色と橙色に薄荷《ミント》の緑が映えて見た目にも綺麗。

――そう。中身が見えているのだ！

「この水筒、透明で軽いけど……もしかして？」

「はい！　スライムです！　あっ、まだこれ試作品なので内密にお願いしますね。ほらこれ、サンドウィッチを入れた容器もスライム製なんですよ！」

容器はツィツィ工房から貰った試作品で、水筒は話が盛り上がった勢いで、三人で作ったものだ。

「良いですよね！　これ！　大きさも作りも既存の水筒と変わらないのに、木や金属より軽いし、中身が見えるのも採取用に良いと思いませんか！」

「いいね。軽いのがすごく良い。あとは強度だね。……アイリス、これスライム製なら袋状にはできないかな。革袋の水筒みたいに折り畳めたら最高なんだけど……」

「あ！　確かに！　強度は調合と【強化】で何とかなるだろうし……ああーそっか、今までの保存紙《ラップ》ではないスライム製品って考えてたからその発想がありませんでした……！」

どうして折り畳める袋水筒を思い付かなかったんだろう？　革袋の水筒は錬金術で処理をしないと匂いが気になるけど、スライム製なら匂いはないし、革よりも軽いし効果付与もやりやすい。あとでツィツィさんにハトを飛ばしてみなきゃ……！

「アイリス～！　はやく食べよ～よぉ～ぼくの新作パン～！」

イグニスはもう待ちきれない様子で尻尾をブンブンと振っている。

「あ、うん！　そうだね！　食べましょうレッテリオさん」

「うん、いただきます。それにしても美味そうだね」

「くふふ～！　ぼくのパン～！　美味しそうでしょう～？」

イグニスのキラキラと輝く視線の先は、大好きなお肉を使った『ベーコンと牧場のマスカルポーネチーズのサンドウィッチ』。

「ベーコン～！　炙っちゃう～！」

「ルルススはこっちにゃ『赤茄子《トマト》と目帚《バジル》と牧場チーズのサンドウィッチ』をいただくにゃ！」

「じゃ、俺もイグニスと同じものから……」

レッテリオさんはベーコンのサンドウィッチに手を伸ばした。イグニスが炙ったばかりなので、ベーコンの甘い脂がテラテラと輝いている。そして一口、二口……えっ、摘める小さめサイズとはいえ二口完食は早すぎる！　探索時のお弁当では大きめサイズで作ろう。

「うん！　アイリスこれ……！」

「美味しいですか？　これ、生地の発酵から焼き上げまで、全部イグニスがやってくれた時短パンなんです！」

「時短？　ごめん、パン作りのことはよく分からないんだけど、噛み応えもあるし素朴な甘みが美味しい！　イグニス、益々パン焼きが上手になったんじゃないかな？」

「も～レッくんてば～パン作りって～本当はすっごく時間がかかるんだよ～？　これは一刻で作ったんだから～！　もっと～ほめていいんだよ～！」

「一刻⁉　それは本当にすごいな。美味しいし……あ、そっちのも食べていい？」

「いいよ～は～い！　ぼくのパンは～すごく～ておいしいんだからね～！」

イグニスはベーコンを口いっぱい頰張りながら、嬉しそうに尻尾を振っている。

「レッテリオさん、これ携帯食用の試作パンなんです。だから具もそれっぽい物を選んでみたんですよ」

「ああ、そうなんだ。うん、ベーコンは干し肉、チーズはフレッシュチーズじゃなくてハードチーズ。赤茄子《トマト》は乾燥赤茄子《トマト》になるけど……パンとの相性は良さそうだね。というかこれならパンだけでも美味しそうだ」

レッテリオさんは赤茄子《トマト》とチーズのサンドウィッチも平らげ、手は次を探している。ルルススくんはベーコンのサンドウィッチをハグハグ食べている。

「みんな、まだ甘いジャムのもあるし玉子サンドもあるからね？」

私はもう一つのスライム容器の蓋を開けた。今日は味見するつもりで一つ一つを小さめに作ってきたのだ。これならルルススくんでも全種類食べられるはず。イグニスにはちょっとずつ千切ってあげれば良いからね。

「玉子はしょっぱいやつにゃか？　甘いにゃか⁉」

「アイリスのたまごは甘いよ～！　ぼく好み～！」

そうイグニスが答えると、ルルススくんは満足そうに目を細めてニンマリ。

「ルルススも玉子は甘いやつが幸せにゃ～！」

私もサンドウィッチをパクリ。うん、味見した焼き立てのときよりも、ライ麦の香りとむっちりした食感がすごく良い！　これ、胡桃なんかを入れたら更に美味しくなりそう……！

「うん……うん！」

私が最初に食べたのは赤茄子《トマト》と牧場チーズの方。ちょっと大きかった一口をムグムグ咀嚼《そしゃく》していると、パンに赤茄子《トマト》がじゅわぁっと染みて目帯《バジル》の香りが鼻に抜け、そしてそれをまろやかなチーズが包んでいって……ああ、口の中で美味しさが混ざって広がっていく！

「は～美味しい！　イグニスのパン、やっぱりすっごく美味しいね！」

「本当に。どの具材にも合うし回復も早い気がするよ、イグニス」

私たちが素直な感想を口にすると、イグニスはパアアッと目を輝かせ、頬張っていたサンドウィッチを急ぎ飲み込み口を開いた。

「くふふ～！　ぼくのパン～！　おいしくて～嬉しいよぉ～！」

イグニスはニンマリ顔の頬を真っ赤に染めて、尻尾はもう嬉しそうに振りっぱなしだ。

「そうにゃ！　イグニスのパン、すごいのは新技だけにゃにゃいにゃ！　美味しいのにゃ！」

「ルルススぅ～！　ルルススが作ってくれてた～酵母のおかげだよぉ～！」

イグニスがルルススくんの頬にスリスリっと頭を寄せ、ルルススくんはくすぐったそうに片目を細めヒゲをそよがせている。そしてお返しにイグニスの真っ赤な頬を、そのザラリとした舌でペロリと舐めた。かわいい。


この美味しいパンは、最初の酵母を分けてくれたルルススくん、パン生地を捏ねた私、そして発酵をし焼いてくれたイグニス。三人の力が合わさった、工房の仲間で作ったパンだ。それからスライム容器はツィツィさんたちの力だし、素材のスライムを手にできたのはレッテリオさんのおかげ。

今までの工房実習じゃ味わえなかったことばかり。

「幸せだなぁ……」

私は向こうに広がる青い海を眺め、そんなことを呟いた。


「それにしてもこの容器……参ったな、携帯食と一緒にこれも献上した方が良さそうだな」

「じゃあペルラから帰ったらちゃんと説明しますね！　あ……でもこれ、ツィツィ工房に開発をお願いしちゃってるからその辺ってどうなんでしょう……？」

「ツィツィ工房？　保存紙《ラップ》の？」

「はい。商業ギルドに紹介してもらって工房主のツィツィさんとお会いしたんですけど……あっ、レッテリオさんまだこの事は秘密にしててくださいね？」

「そうにゃ、まだ正式にゃ契約は済んでにゃいし、秘密にゃ！　ツーさんの面白い話はしてあげたいけどにゃ！　ニャシシ」

「そうだねぇ～くふふ～！　レッくん、ツーさんのおもしろいお話ききた～い～？」

ふわふわ～っとイグニスが飛んで、レッテリオさんが手にしていた【スライム容器】に着地する。

「ハハ、秘密の話じゃないなら聞きたいかな？」

「これは秘密じゃないよ～！　アイリスにね～『あなたが欲しい』って言って～キリってしたんだよぉ～！　くふふ～」

「……えっ!?」

レッテリオさんが前髪を揺らし、バッ！　と私の顔を見た。

「ちょっ、イグニス！　それ、恥ずかしいからそれも秘密！」

あれはツィツィさんの言い方がおかしかったからちゃんと前後も話さないと勘違いされかねないし、でも説明したらしたで、錬金術師のポンコツ具合を笑われてしまいそうな、秘密にしたい案件だ。

「アイリス、それ……どういうこと？」

「えっと……」

レッテリオさんの優し気な垂れ目が若干細められ、睨《にら》まれているような、窺われているような視線が刺さり、ちょっと……居心地が悪い。

「ツィツィ工房の主は、実験好きなのめり込み型錬金術師って聞いてるけど……確か術師イリーナとも親交があるんじゃなかった？」

「レッくんよく知ってるにゃね。ツーさんはアイリスの変わった発想に興奮して、あんにゃ熱烈にゃ言葉をにゃね、じっとアイリスを見つめて言ったのにゃ！　ニャシシ……！」

「くふ～『工房へいらしてください！』って迫ってたよねぇ～くふふ～！」

「ちょっと⁉　ルルススくん！　イグニスも！」

二人とも悪乗りして……！　ほら、レッテリオさんも絶対勘違いしてる顔――。

「アイリス……それで、返事はしたの？」

「え？」

間にいたルルススくんを抱き上げてどかし、レッテリオさんが私に迫り寄る。

「返事はしましたけど、そうじゃなくて――」

「したんだ」

「はい。でもまずはイリーナ先生にもお伺いを立ててみないとって……」

「術師イリーナに？　それって……前向きに検討――って、こと？」

「はぁ、まあ。既に色々相談もしてますし」

「色々相談……」

「だってこの【スライム容器】も【保存紙《ラップ》】も共同研究まではいかないけど、私がお願いして作ってもらったものだし……」

「……ん？」

こてん、とレッテリオさんの首が横に倒された。

「……やっぱり！　レッテリオさん勘違いしてますよね⁉　だからアレはそういうのじゃなくって『私の発想が欲しい』って意味で、ツィツィさんってなんか言葉が足りないっていうか、思い付いたら突っ走るタイプっていうか……！」

「は……？」

レッテリオさんの眉間に深い皺が一瞬で刻まれた。そしてルルススくんとイグニスが笑い出す。爆笑だ。もう！　二人とも確信犯のくせに！

「……はぁ。笑いすぎじゃないかな？　ルルススくん、イグニス？」

「ニャシシ！　ごめんにゃ。あのときのルルススたちの気分をお裾分けしてみたかったのにゃ！」

「くふふ～！　レッくんごめ～ん。でもルルススを押しのけちゃうくらい～びっくりするとは思わなかったんだぁ～」

「ほんとにゃ。急に持ち上げられてヒュンッてしたにゃ。ちょっと面白かったけどにゃ！」

レッテリオさんはちょっとホッとした顔を見せ、そして私にチラリと目を向ける。

「えっと……レッテリオさん、わ、私も言われたときはびっくりしたんですよ……？」

「びっくりして当然だよ。まったく……」

ツィツィは何考えてそんなこと口走ったんだ。そう、溜息まじりに呟くレッテリオさんの頬が……ちょっと、赤い？

――ドキリ。私の心臓が一鳴りした。

その途端、何だかよく分からないモノが私の中にグルグル渦巻いて、その正体を掴もうとしたけど寸でのところで掴めなかった。だって、なんでか分からないけど急に恥ずかしくなってきて、顔に熱が集まって、何かを考えるなんてできなくなってしまって――。

「……錬金術師って性質《たち》が悪いな」

顔を隠しつつ、ちょっと困ったような声で言うレッテリオさんの耳もまだ赤かった。

# 7　依頼主ティーナ・バルバロッサ

「ちょっとぶりにゃ～」

　活気溢れるペルラの街に着くと、海風を受けてヒゲをそよがせるルルススくんが言った。

「え？　もしかしてルルススくん、ペルラにも来たことあったの？」

「あれ？　言ってにゃかった？　工房の森に行く前はこの辺りにいたのにゃ。ペルラにもしばらくいたし、海岸沿いの漁村も回って漁のお手伝いもしたにゃ！」

「お魚か～おいしいのいる～？」

「いるにゃ！　今の時期にゃらお薦《すす》めは剣魚《つるぎうお》かにゃ？　剣みたいに真っすぐで銀色に光ってるお魚《さかにゃ》で、天麩羅《フリッター》が美味しかったにゃ！」

　ルルススくんが話す間に、馬車は新市街を抜け港近くへ。まだ明るいけど時刻はそろそろ六刻。貨物船や人は多いけど魚市場に魚の姿はない。きっと朝になったら沢山の魚が水揚げされるのだろう。ああ……見に行きたい！　新鮮なお魚を食べたいし、買って帰りたい！

「アイリス、市場の散策は明日以降にね。まずは次期太守に面会しちゃおう」

「えっ、レッテリオさん私の心を読みました……？」

「いいや？　でもその顔を見れば分かるよ」

　ぷくく、と笑って、レッテリオさんは「俺は貝がお薦めかな？」と言った。

見透かされていたのは恥ずかしいけど、でも……貝か！　あまり食べたことがないから思い付かなかった！　港町ではどんな食べ方をするんだろう？　どんなお料理になるんだろう？　あとで【レシピ】を覗いてみよう！

フフッ、楽しみが増えちゃった！

緩《ゆる》い坂道を上り太守の館へ。しかし馬車は、亀の紋章が掲げられた正門を素通りし、しばらく塀伝いに行った先の、小さな門をくぐった。

ここ、通用口っぽい木戸もあったし、もしかして裏門？　どうしてわざわざ遠回りをしてこちらに……？

「あの、レッテリオさん……」

「ちょっと事情があってね。これも依頼内容のうちなんだ。呼んでおいて失礼だと思うだろうけど、今回は飲み込んでくれないかな」

「いえ、それは全然良いんですけど……あの方たちは」

馬車の外には数人の騎士……あの服はそうだと思うけど、なんだかレッテリオさんやランベルトさんとは違った雰囲気の、迫力のある大男が数人並んでいる。

「案内係だね。それじゃあアイリス、荷物はそのままで良いから。行くよ」

レッテリオさんは帽子を被り、私に手を差し出した。

その手を取って馬車を降りようとしたところで、私はハッとした。そうだ、依頼主に会うのならアレを着なければ……！

「ちょ、ちょっと待ってください！　レッテリオさん、私リュックの中に――」

バタバタと荷台のリュックを漁《あさ》って夜の色をした一人前っぽいローブを引っ張り出す。

「――お待たせしました！　行きましょう！」

私はその艶やかな夜色を羽織ると、ニッコリ笑って馬車を降りた。

騎士に先導され歩く館内の通路は狭く、太守の館というイメージとはちょっと違っていた。小さな中庭や訓練場のような広場を抜け、これが砦というものなんだろうか？　と思うような無骨な石造りの塔を上っていく。

「……アイリス、にゃんだかおかしいのにゃ」

「え？」

ルルススくんがローブを引っ張り物凄く小さな声で言った。

「まるでこそこそ隠れて移動してるみたいにゃ。太守の館ってもうちょっと新しくて綺麗なところもあるはずにゃ」

確かに。裏門のようなところから入ったし、ここは館の表側ではなさそうだ。しかし私には、それ以上に気になっていることが。私はチラリと目線を上げて前を窺った。

これはどういうことなのだろう？　私たちの前後左右は大柄な騎士が囲んでいて、私やルルススくんの姿はすっぽり隠れてしまっている。まるで誰にも見られないようにしているみたいだ。

「レッく〜んん〜？」

「大丈夫だよ。危険はないからね」

レッテリオさんの笑顔越しに見えた小さな窓からは、黄昏《たそがれ》色に染まり始めた海が見えていた。


塔の最上階まで上ると先導の騎士が歩を止めた。彼の前にあったのは大きな扉。途中で見かけたものとは違う、重厚感のある立派な扉だ。きっとこの先に依頼主の次期太守様がいるのだろう。

私は静かに深呼吸をし、緊張でドキドキし始めた心臓をなだめてやる。大丈夫。落ち着いて、落ち着いて。夜色のローブを着た今の私は、見習い錬金術師じゃなくて一人前の錬金術師だ。だからキョドキョドしちゃいけない。そんな頼りない一人前なんていない！

私は夜色のローブを握り締め、自分にそう言い聞かせると顔を上げる。

そして騎士が扉をノックし「お客様をお連れしました」と言うと、重そうな扉が開かれた。

「待っていたよ、錬金術師殿！　ああ、レッテリオ様も！　お久し振りです。驚いたな、本当にレッテリオ様が連れて来てくれるなんて」

部屋に通された途端、明るい声が飛んできた。

少し低めだけど女性の声だ。私の前にはレッテリオさんがいるので声の主は見えず、肩越しにその姿を窺ってみる。

明るいオレンジ色の髪をサイドテールにした女性……私よりちょっと年上くらいかな？　ハイウ

エストのピッタリとした赤いパンツ姿で、腰には細身の剣を佩《は》いている。なんだかキリッとした、格好良い雰囲気の女性だ。

「久し振りだね、ティーナ。まったく……うちを通して研究院に話を持って行けば、ヴェネトスにいる俺が来るのは分かっていただろうに」

「まさか本当にヴェネトスにいるとは思いませんでしたからね！　左遷《させん》されたって噂は聞いてましたけど」

「——お嬢」

後ろから低い声が聞こえ、ビクッとしてしまった。ああ、真後ろに立っている騎士さんが彼女を窘《たしな》めたのか。

「あ。……レッテリオ様、ごめんなさい。失礼なことを言いました」

「構わないよ。でもその噂はちょっと違うかな」

——それにしてもレッテリオさんとこの方……随分と気安い雰囲気だよね？　きっと彼女が依頼主の次期太守様だと思うんだけど……でもレッテリオさんに様付けしてるし、この人は次期太守様じゃないのかな？

「レッくん、知り合いにゃ？」

ルルススくんがレッテリオさんの脚の陰からヒョコっと顔を出し、トコトコと室内へ。物怖《ものお》じしないその姿はさすが自由なケットシー。

「わあ！　ケットシーの錬金術師殿なのか⁉　これは凄い……！」

ティーナと呼ばれた彼女はカツカツと踵《かかと》を鳴らし、ルルススくんに歩み寄り言った。

「さあ、どうぞ奥へ。こんな場所で申し訳ないが、今回の依頼内容を話すにはここが丁度良くてね」

「ルルススは錬金術師じゃにゃいにゃ。アイリスに付いて来た商人にゃ」

「アイリス？」

不意に名前を呼ばれた私は、思わずビクッとしてしまった。

いけない。しっかりしなきゃ……と、そう思ったとき、隣のレッテリオさんが私の背中をそうっと押した。驚き見上げると、レッテリオさんはニコリと笑い、私をティーナさんの前に連れていく。

「派遣された錬金術師は彼女だよ。アイリス、緊張しなくて大丈夫だから。こちらが依頼主でペルラの次期太守、ティーナ・バルバロッサ殿」

私は強張る頬を叱咤《しった》し何とか笑顔を作ると、、依頼主であり、次期太守でもある彼女――ティーナさんと顔を合わせた。

「はじめまして。錬金術研究院から派遣されてきました、れ、錬金術師のアイリス・カンパネッラと申します」

頭を下げると、肩に乗っていたイグニスが「わ」と、足を滑らせた。サラリとした夜色生地のローブには、私と同じでまだ慣れていないようだ。

「……あなたが？　炎の精霊《サラマンダー》と契約している優秀な錬金術師？」

私より少し背の低い彼女が、その扁桃《アーモンド》型の緑の瞳で私を見上げた。食い入るように、ジッと私の目の中を覗き込む。

あまりの目力《めぢから》に、なんだか居心地が悪くて私はそろりと目を逸らしてしまった。だって、圧が凄いのだ。前からは依頼主の厳しい瞳、後ろからは騎士たちの見下ろす視線が痛いほど突き刺さっている。

「……随分と新しそうなローブだし若く見えるけど、もしかして新米錬金術師？　レッテリオ様、彼女、本当に研究院から派遣された優秀な錬金術師なんですか？」

――拙《まず》い。すっごく疑われてる。どうしよう、これは……絶対に見習いだってバレちゃいけないやつだ……！

じわり嫌な汗が背中を伝った。新しいローブだからって大切に仕舞ってないで、何度か着て、使用感を出すくらいの偽装をしてくれば良かった！

「んんん～感じわるいなぁ～……アイリス～帰ろう～」

「わっ、イグニス、イグニス……」

「イグニス、申し訳ない」

レッテリオさんがイグニスに頭を下げる。そして滅多に聞かない冷えた声で彼女に言った。

「ティーナ。君の急な依頼に応えるために、アイリスは仕事を中断してここへ来てくれたんだ。それなのにその言葉は失礼じゃないかな。それに炎の精霊《サラマンダー》のイグニスにもだ。君は、自分が呼んだ人間にも、精霊にもそんな無礼な態度を取るのか？　べつに彼女はペルラの美味しい海の幸を食べてさっさと帰っても良いんだよ？」

ティーナさんは一瞬怯《ひる》みかけ、しかし顎《あご》を上げキッとレッテリオさんを見上げる。

「しかし、彼女は――」

「お嬢」

さっきよりも低く響く声に、私はビクッと肩を揺らした。この騎士さん……ティーナさんのお目付け役？　とか？　私はそーっと後ろを見上げた。日に焼けた肌。髪と目は深い琥珀色。多分ツィツィさんと同世代かなと思うけど……落ち着き方は全然違う。どっしりがっしりしてて、もしかしたらバルドさんより大きいかも。

そして「お嬢」という一言で窘められたティーナさんに目を戻すと、彼女はキュッと唇を結び、少し何かを考えるような表情を見せたかと思うと、静かに目を伏せて言った。

「……申し訳ない。失礼しました、錬金術師殿。炎の精霊様《サラマンダー》にも謝罪を」

「ん～……はぁ～い。ごめんなさいは聞いたよ～」

ああこれ、イグニスはまだ怒ってる。許したらちゃんと「いいよ～」って言うもんね。これは困ったことになったかも……。

「はい。私も構いません。確かにその……熟練とは言えませんし」

新米とは言わなかった。でも何も嘘は吐いてないもんね。

「それでは改めて依頼の詳細を話そう。皆さんこちらへ」

窓際に用意されたテーブルへと通され、珈琲《カッフェ》とクッキーのようなお菓子が出された。室内に立つ騎士はあのお目付けさんだけ。そして置かれた小さな魔道具――この陣は【盗聴防止】と【阻害】だ。私が実物を見るのは初めての道具だ。

こんなものが置いてあるってことは……これ、生半可な依頼じゃない。私はゴクリと唾を飲み込み、ティーナさんの言葉を待った。

「――まずはあの灯台を見てほしい。錬金術師殿、灯りが見えますか？」

空は黄昏色から、そろそろ暗い宵闇に包まれようとしている。藍と紫の中間の空の中、白い灯台の上部にはチラチラと光が灯り始めていた。

「はい。まだハッキリとは見えませんけど……ご依頼は灯台に関することなのですか？」

「その通り。正確には灯台に使われている【灯台真珠】について。アレは錬金術によって作られた魔道具だと思うけど……錬金術師殿はご存知？」

私はざっと【レシピ】を検索してみる。真珠や灯台で探ってみたけど、そんな魔道具は見当たらない。出てくるのは、ペルラに関する物語や海の逸話、名所案内だけ。

「……今の時点ではちょっと分からないです」

「今の時点？　どういうこと？」

「えっと……──」

私は【レシピ】には詳細の分からない錬金術製魔道具や、名称がハッキリしないものもあることを話す。

「う～ん……そうなの？　優秀だって聞いたから、すぐに作ってもらえるかと期待していたのだけど……」

その言葉に、レッテリオさんの表情が変わった。

「待って、ティーナ。依頼は【灯台真珠】を作ることなのか？」

「……そう。作ってもらいたい。いや、作ってもらわなければ困る」

「にゃ？　そんにゃ依頼にゃら先に言ってくれたら良かったにゃ。下調べできたのにゃ」

「いや、ルルススくん……それは無理だ。これで詳細が伏せられていた理由が分かったよ。──

ティーナ、太守様は？」

ティーナさんが目を伏せ、灯台を見て言った。

「十日前に突然……儚《はかな》くなられた」

「えっ」

太守様が？　お亡くなりに……？　え？　レッテリオさんは分かってるみたいだけど、それが依頼とどう関係が……？

「錬金術師殿。【灯台真珠】は代々、太守の代替わりのときに太守が作るものなんだ。その製法は太守から次期太守への口伝のみ。だけど私は……製法を授かっていないんだ……」

ティーナさんの声が震え、グッと拳《こぶし》を握って俯いた。すると、お目付け役の騎士さんが一歩前へ出て言葉を続けた。

「――突然だったのです。太守様はご高齢でしたがお元気でしたので、まさかの出来事で……。ティーナ様を次期太守と定め、継承の準備を進めていた矢先のことだったのです」

「なるほど。それで錬金術研究院に依頼を……か」

「……祖父の死を知っているのは太守側近と私たちだけです。今の灯台真珠はもって十日。だから、それまでに私の【灯台真珠】を作らなくてはならない。あれがなくなってしまったら――ペルラはまた、砦になってしまう」

絞り出すような声だった。

そして夜の帳《とばり》が下り、室内に魔道具の灯りがともる。窓の外の白い『永久灯台』は、その灯りで闇色の海を照らしていた。

「レッテリオさん、あの灯台……って言うか【灯台真珠】がなくなったら、ペルラは守護も結界もなくなってしまう……ってことですよね」

私たちはそれぞれ用意された部屋に向かい、一番広かったレッテリオさんの部屋に集まっていた。今日は疲れているだろうということで、今後の依頼の進め方についてはまた明日、改めて話し合うことになった。

ちなみに夕食は部屋で食べたけど、アクアパッツァという魚介の煮込み料理がとっても美味しかったです!! さすが太守の館! イグニスの機嫌も少しは直ったみたいで、美味しい料理に感謝。

「そうだね。結界が失われれば海の魔物も増えるだろうし、海賊もペルラに集まる船を狙うようになる。……ペルラだけじゃなく王国も困ることになるっていうのは、かなり現実味のある脅《おど》しだったわけだ」

「海賊なんていたんですね……」

これだけ港湾都市として賑わっているのだ。警備が薄い街道で、盗賊が隊商を狙うのと同じことが海で起こらないはずがない。私が海賊が出るのを知らなかったのは、それだけペルラが灯台真珠に守られ、安全だという証明なのだろう。

「しかし……灯台関連だろうと予想はしていたけど、まさか太守が亡くなられていたとは思わなかったよ。とても良い方だったから……残念だね」

「レッくんは会ったことあるんにゃ？」

「何度かね。子供の頃なんて挨拶に来ただけだったのに、何故か騎士団の訓練に放り込まれて大変な目に合ったよ……」

「え？　いい方にゃの？　それ？」

「良い意味で貴族らしくない、気さくで面白い方だったんだよ」

それで？　他には？　と楽しそうに聞くルルスくんとは対照的に、いつもなら一緒にはしゃいでいるはずのイグニスは大人しい。やっぱりまだご機嫌斜めのようだ。

「イグニス、まだ怒ってる？　もう帰りたい？　その……この依頼が嫌だったら、一旦顕現を解いてお休みしてても良いよ？」

「や～だ！　アイリスと一緒にいる～！　けど～あの子のためにがんばるのはいや～！」

ぷぅー！　と膨れてそっぽを向いてしまった。どうしよう……こんなイグニスは珍しい。

「レッテリオさん……」

イグニスかティーナさんを何とかしてくれませんか？　とすがってみるが、レッテリオさんも首を振る。

「ティーナは良くも悪くも信念を貫き通すっていうか、真っ直ぐなんだ。だから自分自身でアイリスとイグニスを認めればもっとちゃんと謝罪し直すはずだけど……。俺はあまり積極的に彼女とは関わらない方が良いし、ティーナを諭《さと》せるのは亡き太守と、護衛騎士のジェラルドくらいじゃないかな」

「あ、もしかして低～い声のあの騎士さんですか？」

「そう。だいぶ年の離れた兄と妹のような関係だから、今頃お説教中だと思うけど……」

レッテリオさんは本当にペルラのことも、太守一族のことも良く知っている。普通はこんなに、それこそ護衛騎士のことなんて知らないと思うんだけど……？

ティーナさんに「積極的に関わらない方が良い」なんてちょっと気になることも言うし、もしかしてレッテリオさんはペルラに何か縁があるのだろうか？　そうだ、そういえば――。

「レッテリオさん。この依頼の話をしたとき、レッテリオさんも無関係じゃないって言ってましたよね。それって……？」

「ああ、うーん……。依頼とは直接関係ないことなんだけどね。コスタンティーニ家《うち》とバルバロッサ家《ここ》の付き合いっていうか、幼馴染みのようなものかな。それだけだよ」

「幼馴染みだったんですか……」

それなら彼女とのやり取りや、ペルラの内情に詳しいのも分かる。

「と言っても、ペルラに来るのもティーナに会うのもだいぶ久し振りだけどね……」

レッテリオさんはそう言うと、見上げる私からゆるりと瞳を外し、そして微笑んだ。

昨晩の食事と同じく、美味しい朝食をいただいた後、私たちは昨日とは違う部屋に案内された。するとそこには、既に仕事をしているティーナさんの姿があった。

「昨日はごめんなさい。依頼して呼んでおいてあの態度はなかった。それで……早速だけど、錬金術師殿にはまず書庫へ行ってもらいたいと思う。司書には灯台真珠について書かれた文献を出すよう言ってある」

ティーナさんの後ろには護衛騎士のジェラルドさん。これはレッテリオさんの予想通り、昨日はキツイお説教があったのだろう。

「はい。館の書庫を見せて頂けるなんて有難いです！」

昨日の夜【レシピ】で【灯台真珠】について探していて、もっと色々な文献を見たいと思ったのだ。私の【レシピ】に【灯台真珠】の項目はないけど、そこかしこに姿が見え隠れしている。虫食いのような私の【レシピ】とペルラの情報を照らし合わせれば、何かが見えてくるかもしれない。

「それと……無礼を承知でもう一度だけ確認するけど、レッテリオ様。本当に彼女『知識量が豊富で将来有望な錬金術師』なんですよね？」

「えっ」

「そうだよ～！　も～！　アイリスをばかにしないでほし～なぁ～！」

ああ、せっかく少し機嫌が直ってきていたのに……！　怒るイグニスをなだめつつ、私は内心冷や汗を流していた。だって……将来有望な錬金術師って誰が言ったの⁉　私は試験も受けられなかった崖《がけ》っぷちの見習い錬金術師なのに……！

「アイリスは間違いなく優秀な錬金術師だよ。まだ経験は不足しているかもしれないけど、その知識量、発想は研究院の講師も認めてる」

レッテリオさんまで……！　それは絶対に言いすぎだと思う。私は俯きそうになる気持ちをなんとか堪《こら》え、正面のティーナさんを窺った。

「……分かりました。ではは錬金術師殿、炎の精霊様《サラマンダー》、必要なものがあれば何でも言ってください。ペルラには時間がありません。全面的に協力しますので、よろしくお願いします！」

ティーナさんがサイドテールの髪を揺らし、私とイグニスに向かって深く深く頭を下げた。イグニスは平たいお口をぽかんと開けてびっくり顔だ。そして頭を下げ続けるティーナさんの顔の下に潜り込むと「ねぇ～わかったから～もういいよ～」と言った。

うん。ティーナさんの気持ち、イグニスにも私にも伝わった。まぁ、一瞬で態度が変わって私も面食らったけど、これが『良くも悪くも真っ直ぐ』だとレッテリオさんが言っていた彼女なのだろう。それなら私も――。

「はい！　全力でやらせていただきます。早速ですが、今の【灯台真珠】を見に行かせてくださいい！」

「錬金術師殿、それは無理だ。そもそも灯台には私ですら継承式まで入れない決まりだし、灯台真珠だって、私も見たことはないの。あ、でも式を執《と》り行った神官は何か知ってると思うから紹介します」

んん……！　どんな魔道具なのかを知るために実物を見たかったんだけど……！　でも、次期太守であっても灯台に入れないのなら仕方がない。その神官さんが詳しく知ってることを期待しよう……！

私たちが滞在しているのは太守の館の離れ。ここは商談に訪れた商人など、客人を泊めるための場所だそう。今回は太守が亡くなったことを伏せての依頼なので、ルルススくんを隠れ蓑《みの》にすることになった。

「表向きは、多少付き合いのある俺がケットシー商人のルルススくんを連れてきた……ということになってるみたいだね」

「そうにゃか。それにゃらルルススは商人らしい行動をした方が良いにゃね。ルルススは商談してるふりでティーナから話を聞いたり、書庫で文献を探したりするにゃ。アイリスはその間に神官のいる神殿へ行ってくるといいにゃ！」

「そうだね。できれば神官さんに会うだけじゃなくて、神殿も見たいと思ってたからそうしてもらえると有難いな。それじゃあルルススくん――」

私はルルススくんに、灯台や真珠、継承の儀式や街の歴史書、街のお伽話《とぎばなし》など、いくつかの事柄に関する文献を探してほしいとお願いした。歴史ある街だから書庫はきっと広い。まさか片っ端から読むわけにもいかないから、関連しそうな本から読んでいくのが定石だろう。

「ティーナさんが言うには【灯台真珠】はもってあと十日程度。それだって正確な日数じゃないから、できることを一つずつやって潰していきましょう！」

実験と同じだ。いくつもある可能性を高いものから試し、潰していく。分からないものに挑戦するときには、それしかない！

「それじゃ、行ってくるにゃ～」

「うん！　ルルススくんお願いねー！」

ルルススくんは書庫へ。私とレッテリオさんは早速神殿へと向かう。

「神殿って、海の近くにあるアレですよね？」

用意された馬車の窓から見える尖塔《せんとう》を指さした。太守の館は高台にあるのでペルラの街が一望できる。館はちょっと内陸にあり、その先に街と港が順にある。そして神殿は崖の上、灯台がある半島の付け根に建っているようだ。

「うん。俺も行ったことはないんだよね。あそこは本当に厳格な場所みたいで、一般人が参詣するのは街中にある方……ほら、あっちの金の装飾が見える丸い屋根、あれも神殿だよ」

「えっ、あれ⁉　私てっきり劇場か何かかと思ってました」

目指す神殿と街の神殿では造りが全く違うようだ。


街中から離れると段々と人家がなくなり、そして神殿がある半島へと到着した。

街にある神殿とは建てられた時代が違うのか、目的が違うのか。二つの神殿の壁はどちらも白い色をしているけど、こちらの神殿は屋根まで真っ白で無駄な装飾は見えない。

「総結界石造りの神殿かぁ」

見上げる神殿は下から上まで真っ白。遠くから見ても薄汚れた感じが一切なかったのでそうだろうとは思っていた。漆喰《しっくい》や普通の白い石ではここまでの美しさは保てない。

「ここ～炎の神殿だね～！」

ずっとローブのフードに隠れていたイグニスが、ヒョコっと顔を出し、嬉しそうに尻尾を振ってそう言った。

「そうなの？　あっ、本当だ！　炎の文様が描かれてる。海の街だから水の精霊《ウンディーネ》を祀《まつ》ってるんだと思ってたけど、そっか……ここはあの灯台のための神殿なんだ……」


「ようこそいらっしゃいました、錬金術師殿。神官長のグレゴリオと申す。人払いは済んでおりますので、お聞きになりたいことは何なりと」

白い髭を蓄えたお爺さんが一人で出迎えてくれた。今回の件は本当に最低限の人にしか知らせていないのが分かる。

「あの……早速ですが【灯台真珠】はどんなものなのでしょうか？」

挨拶をした私たちは、白い廊下を歩きながら話し始めた。

「そうですなぁ。見た目は拳大の赤い真珠ですかな」

「真珠なんですね？　魔石ではありませんか？　それと確認したいんですけど【灯台真珠】って、真珠自体が光を発しているんですよね？　真珠を燃料に炎を灯しているのではなく」

「ええ、魔石とは違います。質の良い魔石は色が濃く透明度が高い。ですがあれに透明感は全くありません。真珠の輝きを持ちながら夕暮れの太陽のように赤いのです」

うーん。それじゃ魔石ではなさそうだ。魔石だとしたら、その色味で話に聞くあの効果は有り得ない。結界の効果を付与することさえも難しいだろう。もし灯台そのものに結界式があったとしても、透明度の低い魔石の力ではやっぱり無理がある。

「それから、あれは真珠自体が灯りの役目をしております。だからこそ夜を絶えることなく照らし、昼間にも結界を張っていられるのでしょうな」

そうなのか。もし炎を生み出していたり、まとっていたりするのなら心当たりがある魔道具があったのだけど……どうやら【灯台真珠】はちょっと特殊な魔道具みたいだ。

「神官長は【灯台真珠】の作り方をご存知でしょうか？」

「いいえ。それは太守だけに伝わる秘密。我らは真珠が消滅しないよう精霊に祈りを捧げ、真珠を継承させるだけにて。地味なお役目でしてな、近年は神官のなり手が減っておってここも大変で……それ、あのように薬草畑も広げて副業に精を出しておりますわ」

なるほど。確かに中庭は畑でいっぱいになっている。神殿では精霊の力を借りて薬を作ることも多いと聞いているけど、ここでは随分盛んなようだ。

そんな中、庭を抜け廊下を進んでいくと、通されたのは祭壇のある祈りの間。小さな部屋にはレリーフが壁一面に描かれていて、窓は灯台を望む細長い小窓だけ。薄暗いせいかどこか静謐《せいひつ》な雰囲気が漂っていた。

「アイリス～ねぇねぇ～！　見て～ここ～竜～！」

「え？　あ、炎を吹いてるね」

神官長の話に飽きたイグニスが一足先にレリーフを見て回っていた。大きな竜が海から顔を出し炎を吐いてる。もしかして、これがここで祀られている炎の精霊《サラマンダー》なのだろうか？

「おお、この場面ですか。これは炎竜なのか海底火山なのか、長年論争が続いているシーンでしてなぁ。私としては竜の説を推したいところですが……」

神官長はチラリと灯台の方に目をやる。

「ここの海岸線を見ると……火山噴火の説もありそうですね。確かに炎竜がいてもおかしくはないですが」

「ほっほ。騎士様はよくご存じで。しかしペルラの海には大亀様がいらっしゃるんですよ」

私たちは神官長と共に、入口側から順にレリーフを見て回った。

最初は荒れ狂う海と魔物、海賊らしき船。そして竜が現れ、船上の男と対峙《たいじ》し、倒れた男は竜に心臓を捧げる。すると竜は炎を吹き海を鎮めると、倒れた男までもを焼いてしまう。男の亡骸《なきがら》からは新しい海が生まれ、貝がその身を覆い尽くす。そしてそこから大亀が生まれ、光る珠《たま》を掲げると灯台が現れ――。

「……――あ、灯台だ」

レリーフが終わり顔を上げると、そこにあった小窓から白い灯台が覗いていた。

「このレリーフはペルラの始まりを示してましてな。バルバロッサ家の二代目がこの神殿を造り、レリーフも遺したそうです」

「二代目？」

「はい。初代はその心臓を捧げた男にて。海賊だったそうですなぁ」

「ん～？　ねぇ～神官長～もしかしてこの亀～近くにいるぅ～？」

「ほぉほぉ！　古《いにしえ》の姿の炎の精霊様《サラマンダー》には何かお分かりになるのですかな？」

神官長はイグニスの質問に嬉しそうに目を細めた。

古の姿って……サンショウウオ似が？　イグニスって古い血筋の子なのかな。確かにドルミーレの火山は古いみたいだけど……。今度調べてみよう。

「ん～。なんかね～……あっちの海の方に～大きな炎の魔力を感じる気がするんだよ～」

「ほっほっほ。その大亀様は灯台の下にいると言われております。ペルラの守り神であり、この神殿に祀られる精霊様ですが……今はどうされておるのか。とんと分かりませんがなぁ」

「姿を現すことはないんですか？」

お祀りされている精霊さんなら、祭祀のときに顔を出してくれたり、神官と契約したりしているものだと思っていた。

「それがまったく。亀の姿をされておりますし、のんびりされている方なのやもしれませんな」

ほっほと笑う神官長は、イグニスを愛おしそうに見つめ、また笑った。


「あ、お帰りにゃ～色々見繕《みつくろ》っておいたにゃよ！」

館へ戻った私たちは、その足でルルスくんが待つ書庫へと向かった。

書庫は日の当たらない館の端っこにあり、普段からあまり人気《ひとけ》もなく目立たないので、私たちが籠るにはもってこいの場所だ。

「わーここ涼しいね。日陰のせいもあるけど……ああ、ちゃんと風が通ってる」

「風の精霊《シルフ》と契約してる司書さんがいるんにゃって。良い書庫にゃ。で、アイリスの方はにゃんか収穫はあったかにゃ？」

私は神殿で写してきたレリーフを広げて見せた。

「にゃ。アイリス上手にゃね！」

「それレッテリオさんが描いてくれたの。私が描いたのはこっち……へへ」

私が自分の手帳に描き写したものも見せる。下手ではないと思うけど、レッテリオさんの方が断然上手。私の絵だと、捧げた心臓と貝の区別がよく分からない。

「子供の頃に絵を習ってたからね。助手のように兄の趣味の採取にも付き合わされてたし……」

「お兄さんにですか？　うん、でもお兄さんの気持ちも分かります。これだけ上手に描けてたら、見た目が似ていて紛らわしい素材だってちゃんと区別がつきますもん！」

古い書物には絵だけの【レシピ】もあるけど、その素材が何なのか判別が難しいものも少なくない。間違えると薬が毒薬になることもあるのだ。絵心は大切。

それにしても採取が趣味だなんて……どんなお兄さんなんだろう？　前にレッテリオさんは三男って言ってたから、お兄さんたちも騎士かなと思ったけど……そうではなさそうだ。だって採取が趣味だなんて、騎士というより錬金術師みたいだもんね。

「ん～ルルススが集めた本にはこういう絵はにゃかったにゃ。きっと神殿にだけあるんにゃね。でも……はいにゃ！　これとこれ、こっちもにゃ」

ルルススくんは積んであった本をいくつかの山に分けた。

「レリーフにあったモチーフに関連した本にゃ。左から真珠、灯台、ペルラの海、炎の精霊《サラマンダー》に関するものにゃ。んー……ルルススはレリーフの竜と亀が気になるから、ちょっと探してくるにゃ。アイリスは中身を読んで確認してにゃ！」

「えっ、ありがとうー！」

ルルススくんは椅子から飛び降りると、トットットッと軽快な足音をさせて書庫を走って行った。


「うーん……」

積み上げられている未読の本はあと半分程。だけど時折、ルルススくんが新しい本を追加していくので、その山がなくなる気配はない。

「どう？　アイリス」

「レッテリオさん。そうですね……類似点がないか【レシピ】と照らし合わせながら読んでるんですけど、今のところは特に。そもそも【灯台真珠】っていう名称がどこにも出てこないんですよね」

私は『錬金術で作る宝石』『ペルラの海産物』『ペルラの真珠』『永久灯台のおはなし』など、錬金術の本から絵本まで、読了済みの本に目をやった。

「……もしかしたら【灯台真珠】って、錬金術で創り出すものではないんじゃないかって思うくらい、どんなものなのかよく分からないんです」

「【灯台真珠】と似たような魔道具はないのかな。単純に考えるなら照明系だけど……」

「あります。分かりやすいのはレッテリオさんも使ってるランタン。【プロメテウスの火】が似てるんですけど……あれは魔石を燃料に炎を生み出しているんです。でも【灯台真珠】は燃料じゃないんです。それ自体が光を放ち、結界を張っている。結界は効果付与で何とでもなりそうだけど、真珠自体を代替わりまでずっと光らせるなんて……その燃料となる魔力は一体何なんでしょう？

あの灯台のどこからか供給されていると考えるのが自然なんですけど……」

「見に行けたら良いんだけどね」

「そうなんですよね～。はぁ～……」

「神官長は～ずっと祈ってるって言ってたねぇ～。あそこから～真珠に魔力を送ってるんじゃない～？」

「……なくはないかも？　それならやっぱり魔道具なのかな……でも錬金術で宝石を作るとどうしても魔石になっちゃうんだよね？　……ああ、錬金術で補助して作り上げてるのかな」

独り言を呟きながら考えているうちに、私はレッテリオさんたちの存在を忘れ、一人思考の海に没入していった。


書庫に籠って三日目。

積み上げていた本はすっかりなくなり、広い机には書き散らかしたレシピ案や実験道具、そして真珠の試作品――いや、失敗作が広がっていた。

「んんー……これじゃ駄目か。やっぱりただの真珠っぽい魔石になっちゃう」

純粋な真珠を作るなら、やっぱり養殖の方法を取るのが一番かもしれない。

「あーでも養殖真珠は時間がかかるし……ああそうか、だから錬金術師の出番か」

真珠の養殖は、ペルラ近郊の町でも行われている一大産業だ。作り方を簡単に説明すると、内側に光沢を持つ貝に、『核』となる異物を挿入し、そこに自己防衛のために分泌される液をまとわせるのだ。すると核は、長い時間をかけて美しい真珠へと成長する。

品質の良い真珠を作るには、大変な苦労と時間が必要となる。だから錬金術や精霊の力を借りることが多いのだけど……。

「うーん……。やっぱり時間を短縮できる魔道具か素材を使って、真珠が育つ過程で炎の魔力を練り込むしかない？」

私は図鑑をめくり、養殖に使える貝を調べ上げていく。思っていたよりも色々な種類があって、中には薄紅色や黒の真珠ができる貝もあった。私が探している【灯台真珠】は赤色だ。

――もしかして、【灯台真珠】を作るための貝があったり……？

「【灯台真珠】になる貝を集めて真珠を沢山採取して、炎の魔力で練り合わせて大きくしたら……？　あ、それならいけるかも。貝じゃなくてもいいや、要は真珠を作れれば良いんだから、なんかそれっぽいものってなかったっけ？」

私は書庫で新たに加わった【レシピ】を検索してみた。真珠の作り方や産出地についての項目がだいぶ増えている。天然の真珠貝、炎の魔力を持った鉱物や液体、魔道具でもいい……。

「あああ～ない。そうだよねぇ。あったらとっくに目をつけてるかぁ」

私はバタンと机に突っ伏した。

それらしい資料は一通り見た。太守一族に伝わる宝物も見せてもらった。でもそれらしい真珠も魔道具も見当たらなかった。神殿でも探してもらっているけど、関連しそうなものは何も見つからない。

「どうすれば良いんだろう……」

はぁ。と重い溜息を落とすと、背後からポンと肩を叩かれた。のろのろ頭を上げると、立っていたのは私服姿のレッテリオさん。鞄を下げたルルススくんと心配顔のイグニスも一緒だ。

「ちょっと息抜きしようか、アイリス」

「きゅうけいだよぉ～アイリス～！」

「え？」


ひんやり涼しい日陰の書庫から連れ出されて、三日ぶりの太陽に目が眩《くら》んだ。久しぶりに出た外はカラッとした晴天で、注ぐ日差しが目にも肌にも痛い。そして手を引かれるまま馬車に乗せられたかと思ったら、ローブは預かるにゃ！　とルルススくんにローブを引っぺがされ、鞄にしまわれてしまった。

「はい。アイリスはちょっと目を閉じて頭を休ませていて」

「ええ？　え？　どこ行くんですか？　レッテリオさん」

「市場で食べ歩きランチ」

ガタガタ少し揺れる馬車で、私はイグニスのぺったりとした全身で目隠しされて、ほんの少しの睡眠を取った。イグニスの重さと感触が最高に気持ち良かったです。

「朝市はとっくに終わってるんにゃけど、お昼はランチの屋台がいっぱいで楽しいのにゃ！」

時刻は昼十二刻ちょっと前。私たちは港近くで馬車を降り、ペルラに到着したばかりの船客に紛れ、市場へと向かった。

「うわぁ～！　すごい、見たことないお魚がいっぱい……！　あっ、ルルススくんアレ何⁉」

「にゃ？　あれがルルススお薦めの剣魚《つるぎうお》にゃ！　食べるにゃ！　おばちゃん三本くださいにゃ！」

「はいよ！」

注文を受けると、店主は串に刺した真っ直ぐの白身魚を、溶いた小麦粉にくぐらせた。そして油を張った鍋に串ごと落とす。高温の油はじゅわわわパチパチ！　と小気味いい音を立て、剣魚はあっという間に黄金色に揚げられた。

「いただきます……！」

串を受け取り早速かぶり付くと……サクッ！　薄い衣が軽やかな歯ざわりを伝え、次いでフワフワの熱い白身が口の中でじゅわっと蕩ける。

「んん～……！　おいひぃ！」

「イグニスにはルルススのをあげるにゃ。先に食べるにゃ。ルルススには熱いのにゃ」

「くふ～！　サックサク～！」

「うん！　美味しい。ルルススくん、他にもお薦めはある？」

ペロリと串一本を食べたレッテリオさんは、もう次を探している。

「そうにゃね～」

ブラブラと市場を歩くと、やっぱり魚介類が圧倒的に多い。けど、手持ちで食べられるチーズを包んだそば粉のガレットや、見慣れぬ鮮やかな色の果物もあって、少し食べてみるととっても美味しかった。

「あ、あったにゃ！　あそこのお店がルルススのお気に入りにゃ！　おじさん久し振りにゃ！　今日のお薦めの貝を四つくださいにゃ！」

「お、ルルススさんじゃねぇか！　今日はとっておきのがあるぜ」

太い腕がたくましい店主がヘラで牡蠣《かき》を開け、炭火の網の上へ置く。掌よりも大きな貝は、その中身も大きくてプリップリだ。

んんん！　牡蠣なんて前に一度食べたことがあるだけだ！　嬉しい！

「それにしても、牡蠣ってパカッと綺麗に開くんですね。やっぱり力があるから？」

「いや？　コツがあるんだよ。こー隙間にヘラを差し込んで……ホラ開いた。やってみるか？あー牡蠣よりこっちの方がやりやすいな、白亀貝《しろかめ》でやってみな」

「白亀貝？　ああ、白蝶《しろちょう》貝ですね！」

書庫にあった『ペルラの海産物』や『ペルラの真珠』で何度も見た、真珠を作る掌サイズの二枚貝だ。

「この辺じゃ白亀貝って呼ぶんだ。ホラ見てみ、貝殻の縁に爪が出てんだろ？　これが亀の手に似てるからよ」

「言われてみれば……？」

「まあ、確かに？」

それっぽいと言えばそれっぽいけど、どうしてわざわざ亀を選んだのかがちょっと不思議だ。私とレッテリオさんは、揃ってちょこっと首を傾げる。

「ハハハ！　それはさ、この海の守り神にあやかってだよ。灯台の大亀様、知ってるか？」

「と、灯台？　うん、知ってます！」

思い掛けなく飛び出した『灯台』の単語にドキッとした。ずっとそのことを考えながら歩いていたから、一瞬空耳かと思ってしまった。

「あの辺りは禁漁区だが、この辺りで獲れる貝だけその形だからよ、大亀様のご加護だとか好物だとかって言われんだ」

「へぇ～。あれぇ～？　おじさ～ん、こっちの貝は捨てちゃうのぉ～？」

イグニスが覗き込んだのは足下に置かれていた桶《おけ》。海藻の屑や貝殻に交じって、身の付いた白亀貝らしき貝が入っていた。

「おっと。そりゃバケだ。炎の精霊様《サラマンダー》、手ぇ出しちゃ駄目だぜ。魔物だからな」

「えっ、魔物!?」

「そうなのぉ～？　亀の貝にしか見えないよ～？」

イグニスと一緒に私とレッテリオさんも桶を覗き込む。

「これはもう退治したけどよ、よーく見ると白亀貝より爪が太いだろ？　で、貝の内側がどす黒くなってる。まあ、バケは魔物って言っても小物だし、数も少ねぇから問題はねぇんだ」

「へぇ。白亀貝に擬態してるのか？　でも捨ててあるってことは、味も良くはないのかな」

「まあ、美味くはねぇな。しっかし兄ちゃん、綺麗な顔して魔物食いすんのか？」

「必要に駆られればね。こいつは、危険はないんだ？」

「ああ。触手に絡まれたり、ちょっと指を噛まれたりして魔力を吸われる程度だ。なんてことねぇよ」

ええ、なんてことなくないと思うんだけど？　こんなに小さくても魔力を吸うなんて……ちょっと怖い魔物だ。絶対に団体さんには会いたくない。

そんなことを考えながら、私は手渡されたヘラと白亀貝と格闘していた。

おかしいな、おじさんに言われた通り隙間にヘラを押し込んで……んん、か、固い！

「おじさん、貝全然《これ》開かないです……！」

「ああ、そのままヘラをグッと中に押し込んでみ？　そうそう、で、分かるかな〜この貝柱を貝から剥がしちまえば……」

「貝柱？　んー……あ！　開いた！」

店主が持つ貝をお手本に貝柱がある位置を探り、手応えがあった部分に思い切ってヘラを押し入れた。

「お、上手いな！　……ん？　ちょっと見せてみ、嬢ちゃん！」

「え？」

開いた貝を手渡すと、店主がニカッと笑い「ツイてんな〜！　手ぇ出しな！」と言ったので、私は大人しく手を差し出した。

「え？　わ、これ！」

「白亀真珠だ！　たまーに入ってんだよ～」

「にゃにゃ！　アイリス羨《うらや》ましいにゃ！　ルルスス十日間もお手伝いして二つしか手に入れられにゃかったのに！」

掌に乗せられたのは、乳白色に輝く歪《いびつ》な形をした小さな真珠。摘んで目の高さに掲げて見ると、その表面はオーロラのように揺らめき色を移ろわせる。

「綺麗……。あ、何かの素材に使えたりして？」

ふと思い付き【レシピ】で探ると、この『急ぎ足の白亀真珠』には豊富な魔力があり、美容系素材になったり、不老長寿の万能薬【エリクサー】にも使われたりするらしい。まぁ、エリクサーなんて実在する薬なのかは分からないけどね！

というか、急ぎ足のって……なんだろう？

「なんだ、嬢ちゃん薬師《くすし》か何かなのか？」

「彼女は錬金術師だよ。アイリス、その素材が必要なら買い取ろうか？」

「いやいや、やるよ！　これは開けた奴が白亀様から貰ったご利益だからな、持ってきな」

「えっ、でも真珠って高いんじゃ……？　お代、本当にいいんですか？」

「そういうルールなんだよ。でもそうだな～もっと何か食べてってくれたら有難てぇな！　冷やした生牡蠣はどうだ？　ワインもあるぜ、兄ちゃん」

「うわ～絶対合うじゃないか……飲みたいな。グラスでもいい？」

「ルルススもいただくにゃ！　レッくん、ボトルでいいにゃ！　みんにゃも食べるにゃよ！」

「うん！　イグニス半分こしよ？」

「わ～い！　ナマのかき～初めて食べるよ～！」

氷の魔石で冷やされていた牡蠣をその場で開け、流水で洗って檸檬汁をかける。そのまま吸うようにいけ！　と言われ、思い切ってプリプリの牡蠣に口を付け……ちゅるん！

「んんん……！　美味しい!!　甘い!!」

「臭みなんて全然ないな。さすが港町だけあるね」

「おうよ、それにコレは急ぎ足だからな」

牡蠣の焼き具合を確かめながら店主が言った。

「あの、急ぎ足？　って何ですかそれ」

「旬よりも早く急ぎ足で来た海産物をそう呼ぶにゃ。コレは『急ぎ足の牡蠣』こっちは『急ぎ足の紫貽貝《ムール》』、真珠が入ってたのは『急ぎ足の白亀貝』にゃね！」

「よく知ってんなぁルルススさんは。お、そろそろパエリアが出来るとこだけど、食べてくか？　急ぎ足の紫貽貝は美味いぞ～！」

「「ぜひ!!」」

そろそろ主食が欲しいところだった私とレッテリオさんの声が重なった。ここは夫婦で営む店だそうで、先程から隣で奥さんが作っているパエリアの匂いが気になっていた。

「食べるにゃ！」

「ぼくも～！」

大きな平たい鉄鍋では、サフランと赤茄子《トマト》でオレンジ色に染められた米が、烏賊《いか》や海老、貝から染み出した旨味を受け止め艶々輝いている。浅い鍋でグツグツ煮込まれていくその香りがもう！　堪《たま》らない！　きっと底には旨味と香ばしさたっぷりのおこげが出来ている！

「あ～いい匂い！　わ、これ紫貽貝だけじゃないんですね」

「そう！　浅利《あさり》と白亀貝もたっぷり。さ、錬金術師さん！　パエリアできたよ‼」

香芹《パセリ》が散らされ檸檬を飾ったパエリアが、通りに美味しい匂いを振りまいている。女将《おかみ》が大きな声で呼び込みをすれば、あっという間に客が集まった。

「えええ、美味しい……！」

「ぼくの～ほっぺたおちる～！」

すごい！　お米に魚介のスープが染み込んでる！　それにこの海老……プリップリ……‼　こんなにふんわりでプリプリの甘い海老、初めて食べた‼

「女将のパエリア絶品にゃ～ルルススこれ大好きにゃ～！　明日も食べに来たいにゃ～！」

「俺も。これ本当に、滞在中毎日食べたいくらいに美味い……！」

私は大きな貝を口いっぱいに頬張り、うんうんと頷く。

「はぁ美味しい。でもこの急ぎ足の貝……なんで早く食べれるんでしょうね？」

「本には書いてなかったんだ？　俺も初めて知ったけど」

「アッハハ、そりゃあ本になんか書いてないさ。急ぎ足なんて、アタシらが勝手に呼んでるだけだし、それに急いでくる貝は気紛れでね。いつ来るんだか分かりゃしない。偉い学者さんは水温の変化がどうとか、栄養と餌《えさ》がどうとか言ってたけど……ま、白亀様の気紛れさね。精霊なんてそんなものだろう？」

「そ〜だね〜！　きっと〜亀さんが〜おいしいものを食べたくなったら呼ぶんだろうね〜くふ〜」

イグニスはそう言って笑うと、大きなスプーンに盛られたパエリアを平らげた。


「レッテリオさん。今日はありがとうございました。連れ出してもらえてなんか頭がスッキリした気がします」

市場と港を満喫した後、ルルススくんの案内で磯遊びにも行ってしまった。潮が引いた浅い岩場には、図鑑で見た小さな蟹《かに》や海老、巻貝や小魚に海藻、あと蛸《たこ》もいて驚いた。載っていた絵図とはちょっと違う色柄のものがいたり、季節外れの急ぎ足がいたりして、磯遊びはとても楽しかった。

「すごく良い気分転換になりました！」

「そう？　それなら良かった。俺の方こそ久し振りの息抜きができてよかったよ。海で遊ぶとは思ってなかったけどね。あはは」

「ですね。また濡れちゃったし、今度は水着を着てこようかな……」

「えっ。水着……？」

「はい！　採取で潜るかなと思って一応。でもそんな場合じゃなさそうですよね……」

「うん。そうだね。必要な海の素材があったら俺が調達してくるから水着は仕舞っておいて」

レッテリオさんてば、そんなに心配しなくても一人で潜りに行ったりしないのに。それにもう、期日まで日にちも少ないしね。

「ルルススはレックくんに協力するにゃよ……アイリスはにゃんにも分かってにゃいにゃ」
「くふ～」

# 8 白亀真珠と灯台真珠

市場に行ってから二日目。ペルラ滞在では五日目。私は相変わらず書庫に籠っていた。

時折、司書さんが進捗《しんちょく》を確認してくるけど、ティーナさんとは顔を合わせていない。何でもティーナさんは、前太守様の逝去《せいきょ》を伏せたまま、以前から補佐としてこなしていた公務を一人で回し、太守の継承についての手続きや話し合いを王国側とやっているらしい。太守のお仕事なんて私にはよく分からないけど、ペルラは人も船も物も引っ切りなしに行き交う港町だ。簡単な仕事ではないことは想像できる。

「それに加えて【灯台真珠】探しもあるんだもんね……」

政治を担《にな》う人たちの中には、太守の継承に【灯台真珠】が必要なこと、【灯台真珠】がなければ『永久灯台』が本当の意味で稼働しないこと、延《ひ》いては守護も結界も消え、文字通りペルラの灯が消えてしまうだろうことを知っている人もいるだろう。

きっと今、ティーナさんはとてつもない重圧とも戦っているのだと思う。あと単純に仕事量もすごそうだ。レッテリオさんも毎日何かと執務室に呼ばれているみたいだし。籠る私を気にしてか、お使いの人から話を聞くだけで断っていたけど、やっぱり幼馴染みだからかな。何だかんだで手を貸してあげているみたいで、騎士さんは書類仕事もできるんだなぁと思った。

そして、私はというと――。

「アイリス～だいじょうぶ～？」

「イグニス……。うん、大丈夫。もうヒントは結構集まってると思うんだけど……」

目の前の机に広げているのは、神殿にあったレリーフの写しや気になる素材、文献、市場で見聞きした海産物の話のメモ。それに急ぎ足の白亀貝から採れた真珠や、磯で見つけた貝なんかも並べていた。

「ねえイグニス。あとはどこを探したら良いと思う？　イグニスは【灯台真珠】になりそうなもの、何か心当たりない？」

「んん～そうだねぇ～。ん～……」

「――アイリス、これは？　【精霊の珠《たま》】って……素材？　ちょっと【灯台真珠】に似てないかな、これ」

肩越し、不意に掛けられた声につられて私は視線を上げた。

「あれっ？　レッテリオさん、いつの間に戻ってきてたんですか？」

「やっぱり気付いてなかった？　呼び出されたけどすぐ戻って来たんだよ。俺があっちに顔を出しても良いことなんて何もないからね。こじれるだけ」

「そうなんですね……？」

よく分からないけど、レッテリオさんは気乗りしないお手伝いだったのだろう。

そんなレッテリオさんが持って来た本は『精霊拾遺集《しゅういしゅう》』という、精霊にまつわる珍しい話を集めた本だった。

「ほらこれ。『精霊の珠』っていうお話なんだけど……」

『――精霊がその男に授けた光る珠は、精霊の魔力の塊。魔力を注ぎ続けることで成長し、大いなる魔力を秘める【精霊の珠】となったもの。万能の石。賢者の石。万能薬エリクサー……』

「賢者の石……？　でも似てるかも。【灯台真珠】は多分、精霊の魔力の塊で、大きな魔力を持つ珠だと思うし……」

だけど……何だろう？　何かが引っ掛かる。

「とはいえ、やっぱりお伽話すぎたかな」

レッテリオさんは少し照れ臭そうに笑った。この『精霊拾遺集』は言い伝えや物語の中に出てくる、ちょっと真偽が定かでないお話を集めた本。【賢者の石】は錬金術では有名な、夢物語のような錬成物だ。この本のような曖昧な作り方だけでなく、しっかりレシピが書かれているものも珍しくない。

「そうですね……でも、何だろ？　何だっけ？　これ、何かが引っ掛かるんですよね……？」

「引っ掛かる？　この本が？」

「はい。でもなんだろう～色々詰め込みすぎたせいかすぐ出てこない……」

ハァーと溜息を吐きながら、だらしなく椅子にもたれて天井を見上げるとレッテリオさんと目が合った。気付かなかったけど、覗き込まれていたのか。

「……あれ、レッテリオさんなんだか疲れた顔してますね？」

私と違って服はパリッとしてるけど、いつもの柔らかい表情がちょっと曇っている気がする。

「アイリスこそ。またあまり寝てないだろう。食事も疎《おろそ》かにしてるし」

わ、すごくバレてる。市場で英気を養ったからか、なんだか調子が良くてつい……。

――ん？

「あ！　市場だ！」

そうだ。何が引っ掛かったって、頻繁に聞くはずのない単語を頻繁に聞いたからだ！

「レッテリオさん、この【精霊の珠】の記述！　ほら、ほら！」

『～万能の石。賢者の石。万能薬エリクサー』

次に、私は『ペルラの真珠』に挟んだメモ書きを指さした。

『白亀真珠：美容・化粧品の素材として使える　＊魔力を含んだ急ぎ足の白亀真珠はエリクサーの材料になる？』

「ね!?　これって偶然でしょうか？　エリクサーなんて滅多に目にする言葉じゃありません。なのにこのペルラで、【精霊の珠】と【灯台真珠】――どちらも『珠』なんです！」

私は興奮を抑えきれないままに、積んであった『天然真珠と養殖真珠』という本を開いた。

「あとこれ、真珠が出来る仕組みなんですけど、ざっくり言うと貝に異物が入ってそれがコーティングされて真珠になるんです。それを人工的にやったのが養殖で……『光る珠は、精霊の魔力の塊。

魔力を注ぎ続けることで成長し』って、真珠の出来方にも似てませんか？　似てますよね？　ね？

もしかしたら【精霊の珠】は、『急ぎ足の白亀真珠』や、【灯台真珠】とも同じものかもしれませ
ん！」

「あ」


一気に言い切って、私はハァと息を吐いた。

すると大人しく話を聞いていたイグニスが、机をペトペト歩き二冊の本に乗って言った。

「アイリス～？　【プロメテウスの火】の改良に使った～ぼくの魔石って覚えてるぅ～？」

「勿論。イグニスが作ってくれた高品質のすごい魔石でしょう？」

改良したランタンの燃料として組み込ませてもらった、深紅で透明度の高いあの魔石だ。

「ぼくが作ったきれいな魔石も～精霊の魔力のかたまりだと思うんだよねぇ～？」


『――精霊がその男に授けた光る珠は、精霊の魔力の塊。魔力を注ぎ続けることで成長し、大いなる魔力を秘める【精霊の珠】となったもの。万能の石。賢者の石。万能薬エリクサー……』

「確かに。そっか……精霊が作った魔石は、精霊の魔力の塊……【精霊の珠】が魔力を含んだ『白亀真珠』だとしたら……それなら――」


――【灯台真珠】を作れるかもしれない。

まだ謎の部分は沢山あるけどやっと見つかった。散らばっていた小さな点が線となり、やっと繋《つな》がって来た気がする。

「真珠の『核』を探しましょう。あの【灯台真珠】を作れるくらい大きな魔力を持った『魔力の塊』が必要です！」


今日の夕食は、久し振りに離れの食堂で取ることになった。具体的にどう【灯台真珠】を作るのか、期日までにどう間に合わせるのか。その予定を立てるためにも、まずは一旦落ち着こうとレッテリオさんに言われたからだ。

給仕は控えてもらっているので、テーブルにはサラダから肉、デザートまでが並んでいる。

「レッテリオさん、なんだかすみません。私、夢中になると集中しすぎるみたいで……」

「ああ。錬金術師ってそういう人が多いよね。一応俺はアイリスの護衛だからね。ずっと側にいるのが仕事だから気にしないでいいよ」

そう言い笑ってくれるけど、よく考えるとここへ来てからの私は酷《ひど》かった。

ほとんど書庫に籠り切りで、食事は簡単に摘めるものを用意してもらっていたし、部屋に戻るのは明け方で、それもレッテリオさんに強制的にベッドに放り込まれていた。ああ、お風呂はイグニスに引っ張られて、どこかのタイミングでササっと入っていたはずだ。

「くふふ～こんなにがんばってるアイリス～久しぶりだねぇ～！」

イグニスがスープを飲みながらくふくふと笑っている。

今日のスープは有頭海老のビスクスープ。私が初めて「今日はゆっくり食べます！」と言ったので、喜んだ料理長が手間のかかるものを作ってくれた。いつも「片手で食べれて汁が垂れないもの」なんて失礼なリクエストをしていたのに、体も心も温まる料理を作ってくれて有難い。

「はぁ～沁みる……」

一口飲んで、濃厚で香ばしいその味に舌と喉が喜んだ。この香ばしさは殻ごとすり潰し炒めたからだろう。それから身も……！　丁寧に裏ごしされた海老が赤茄子《トマト》スープにたっぷり溶けていて甘い。それからこれ、最後に鼻に抜ける香りは大蒜だ。ああもう、私が忘れそうになっていた食欲を刺激してくれるではないか……！

「美味しいぃ……！」

「パンもほら、ここのオリーブオイルは最高なんだよね」

レッテリオさんがパンを私のお皿に乗せてくれた。確かに……新鮮なオリーブの香りがこれまた食欲をそそる。

「私お腹空いてたのかな……？　どうしよう手が止まらない」

「市場ランチ以外はアイリス大して食べてなかったからね。たまに食堂に来てもスープとブルスケッタだけで書庫に戻っていただろう？」

「そ～だよ～。だからレッくんも～すご～い早食いしてたんだよぉ～」

「えっ……あ、そうでしたね。ごめんなさい」

頭の中が依頼のことでいっぱいで周りが全然見えていなかった。

「うん、まあ後でサンドウィッチにしてもらって夜食に食べてたけどね。あ、この肉すごい美味いな」

「ルルススもにゃ。レッくんと夜食食べすぎてちょっと太ったかもにゃよ？　んにゃ、チーズのピザも美味しいにゃ」

レッテリオさんはレアに焼かれた牛肉のステーキにかぶり付く。私もちょっと一口。バルサミコ酢のソースが肉汁と溶け合って……あとこれはバターかな？　美味しい……!!

「全然しつこくないですね!?　焼き赤茄子《トマト》の酸味と甘みもあって……美味しい～」

「ぼくにも～！　お肉～！」


デザートの茘枝《ライチ》のソルベはさっぱりシャリシャリで、乗せられていた薄荷《ミント》と共にお口をサッパリさせてくれて最高でした。美味しかった……！

よし。あともうちょっと……頑張ろう！

美味しい食事をゆっくり楽しみ、満たされた私はそう思った。


「あ、今日は三日月なんですね」

「アイリス、久し振りに夜空を見たんじゃない？」

食べすぎた私たちは、離れの中庭で夜のお散歩だ。陽が沈むと風が涼しくて気持ちが良い。

「アイリス、いつもルルススが起きる時間に寝てたにゃよね」

「レッくんはアイリスのお世話してくれて〜やさし〜よねぇ〜」

「いや……あんなの放っておけないだろう？　ずっと本を読んでるか何か書き付けていて、そうかと思えば突然実験を始めるし食事はしないし寝るのも忘れるし……錬金術師らしいよね」

「……すみません」

前はこんなに酷くなかったと思うんだけどなぁ。一人実習前は先生がいたから？　でも部屋でもここまでのめり込むことはなかったと思うし……でも——。

「なんだか楽しくって」

「楽しい？　書庫籠りが……？」

レッテリオさんは若干頬を引きつらせ、本当に錬金術師っぽいな……と呟いている。

「あっ、真面目《まじめ》にやってない訳じゃないですよ？　真剣にやってるけど……なんだろう。こう、じわじわ結果に近付けてる感じが嬉しいけど焦る気持ちもあって、でも充実感もあって」

ハァ。と軽い溜息が聞こえ、チラッと目だけで隣を見上げた。

「できることが嬉しいのはよく分かるよ。でも程々にね？　それから食事と睡眠はもう少し取って。まったく……アイリスがやたらと携帯食のボリューム増やしたり、栄養価を気にしたりする気持ちがやっと分かったよ」

「あ、分かりました？　見てると心配になっちゃうんですよね。ちゃんと食べてほしいな、無理しないでほしいな……って」

「アイリス」

レッテリオさんの蒼い瞳に見下ろされて、私も視線を合わせるために上を見た。今夜はまだ細い三日月だから夜が濃い。

「今夜は一緒に寝ようか」

「え」

ドキンと心臓が鳴った。

唐突だし、脈絡がないし、レッテリオさん何言ってるの？　聞き間違い？　と。ほんの一、二秒刻の間に私の頭と心臓が、訳の分からない焦りでぐるぐる全速力の空回りをしている。

「みんなで見張ってないと、またアイリスが一人で書庫に戻りそうな気がするんだよね？」

「……え？」

みんな？　……あっ、みんなで？　確かにレッテリオさんの泊まってる部屋はすっごく広いし、続き間だし、ソファーもフカフカでゆっくり寝れちゃいそうだけど——。

「……顔、赤いよ？」

微笑ましいものを見るように目を細められ、私は更に頬が赤くなるのが分かった。顔も耳も、どこもかしこも熱い……！

「今夜は、ちゃんと朝まで寝ます……！」

笑ってるみたいな三日月が、綺麗だった。

きちんと朝食をいただいたら、今日も昨日の続きだ。私、レッテリオさん、イグニスとルルスくんも机に集まって、皆で広げた資料を囲んだ。

【灯台真珠】のヒントは集まってきている。まだ断片ばかりだしあやふやだけど、とにかく気になったことを片っ端から調べてみて、一つずつ潰していくしかない。

「市場でもらった『白亀真珠』なんですけど、【レシピ】に『急ぎ足の白亀真珠には豊富な魔力があり、美容系素材になったり、不老長寿の万能薬【エリクサー】にも使われたりする』とあって、その部分が気になったんです。真珠自体は普通の白亀貝からも採れるけど、豊富な魔力が含まれているのは急ぎ足から採れた真珠だけ。一体、急ぎ足と普通の白亀貝では何が違ってるのかなと思って、白亀貝について、イグニスとルルスくんに色々と調べてもらったんです。そしたら――」

私は広げた海図の、赤い色鉛筆で丸く囲まれた箇所を指さして言った。

「獲れる場所が違っていたんです。『急ぎ足の白亀貝』はこの、灯台周辺の赤く囲った範囲だけで獲れるんです。それから、灯台の本当に近くは、大亀様がいるってことで禁漁区になってるんですけど……」

私は斜線で示された禁漁区、そこに書かれた『熱水』の文字をトントンと叩いた。

「ここには温泉が湧いてました。海底火山の噴気孔があるそうです」

「……なるほど」

頷くレッテリオさんに、私はにっこり微笑んだ。

『魔力を含む真珠が採れるのは、急ぎ足の白亀貝だけ』

『急ぎ足の白亀貝が獲れるのは、灯台の周辺の限られた範囲のみ』

『灯台周辺の禁漁区には温泉が湧いている』


「きっと、大亀様は本当にいます」

「ああ、いそうだね。火山に炎の精霊《サラマンダー》は付き物だ。イグニスだって火山に住んでたんだよね？」

「そ～だよ～！　火山はね～あったかくて住み心地がいいんだよ～力もたまるし～！」

禁漁区内には魔力をたっぷり蓄えた白亀貝が生息しているはずだ。そしてその中には、大亀様の魔力でコーティングされた『白亀真珠』を持っている白亀貝がいる。

「まずは禁漁区内の白亀貝を調べたいと思うんですけど……」

「真珠を見つけて育てるにゃか？」

「うーん……そこはまだ考え中。魔力で【コーティング】していけば作れそうだけど、私の魔力じゃ無理だと思う」

大きな真珠を作るだけなら何とかなっても、【灯台真珠】という魔道具を作るには、精霊の力を借りなきゃ無理。イグニスが作れる可能性もあるけど、多分【灯台真珠】は大亀様の力を借りるのが定石なのだと思う。

「特別な作り方があるんじゃないかな？　太守だけが知ってる養殖方法があるとか……」

レッテリオさんは呟き、私がもらった歪な白亀真珠を摘み上げる。

「太守だけに代々受け継がれている何かが必ずあるはずだ」

「何か……あるんでしょうか？」

ティーナさんは心当たりがないようだった。私たちも探したけど、書庫にも宝物庫にもそれらしいものはない。

「必ずあるよ。アイリス、貴族の領地って結構場所が変わったりしてるんだ。だけどバルバロッサ家はずっとペルラを治めている。それも、昔は抜かれたら終わりの国境の砦で、今は貿易の要所だよ？　どこかの時代でもっと由緒がある家とか、高位貴族に譲られてておかしくない。ヴェネスティ侯爵家とかにね。なのにずっと海賊伯爵が治めているんだ。バルバロッサ家でなくてはならない理由が何かあるはずだ」

「理由にゃか……うーん。海に詳しい？　海に好かれてる？　……んにゃ？　にゃ！　それにゃ！」

ルルススくんは神殿のレリーフの写しを引っ張り出し、最後の一枚を皆に見せ言った。

「倒れた初代バルバロッサの体を覆ったのは貝で、そこから生まれたのが大亀様にゃ。バルバロッサ家は大亀様に好かれてるにゃ！　あと、真珠を作る貝にもにゃ」

「確かに！　ペルラを守護している大亀様がバルバロッサ家の家継精霊《かけいせいれい》だったり！　それなら理由になるよね」

大亀様は姿を現さないと聞いたけど、顕現せず直接力も貸さず、だけど守護をし続けてくれる家継精霊もたまにいる。魔力を含む白亀真珠、海底火山、それから太守の代替わりの度に作り替えられ、ペルラを守っている【灯台真珠】。どれを取っても、大亀様がいない方が不自然だ。

それに、バルバロッサ家の紋章は亀だった。それもやっぱり、ペルラの海と街は、大亀様とバルバロッサ家と深く結び付いてる証拠じゃない？

「うん、ありそうだね」

「じゃあ〜亀さんに魔石も作ってもらえばいいね〜！　亀さん会えるかなぁ〜」

「……魔石？」

「ええ〜？　だって真珠を作るには〜核が必要なんでしょぉ〜？」

「……あっ、そっか」

魔石を核にして真珠を作れば、自然と魔力を含んだ真珠になる。魔力を注入しながら練り合わせて〜……なんてやるよりその方が簡単だ。

私とレッテリオさんは顔を見合わせ頷いた。【灯台真珠】を作るなら、まずは高品質の魔石が必要だ。

「ティーナに確認してみよう。真珠ばかり探して魔石は探してなかったからね」

「はい！」


「え？　魔石？」

数日振りに顔を見たティーナさんは何だかとっても疲れていた。執務室の机には書類が溜まっているし、首のタイもよれているし、何よりも顔色が良くない。窓の外は晴れ晴れとした青空なのに、この執務室はどんよりとした雲が掛かっているようだった。

「はい。【灯台真珠】の大事な素材になる可能性があるんです。高品質な炎の魔石で、ある程度の大きさが必要です」

「分かった。もう一度宝物庫を見に行こう」

「お嬢、先にこちらを。宝物庫へは俺が行きます」

立ち上がったティーナさんを、後ろに控えていたお目付け騎士のジェラルドさんが止めた。書類を指し示し何やら耳打ちをすると、ティーナさんは渋々椅子へ。

「悪いけどジェラルドと一緒に行ってくれ。それらしいものがあったら好きに持ち出して構わない。それから錬金術師殿、ちょっと詳しく話が聞きたいから、あなたはここへ残ってくれるかな」

「あ、はい。じゃあ……」

「ルルスたちが探してくるにゃ！　魔石の目利きにゃら任せるにゃ！」

「俺も行ってくるよ。アイリスはこれまでに分かったことをティーナに話してやって」

「はい！」

皆を送り出すと、部屋には私とティーナさんだけ――と思ったら。

「アイリス～ぼくは一緒にいるからねぇ～。もしいじわるなこと言われたら～ぼくが守るよぉ～」

肩の上でこしょこしょっと、イグニスがそんなことを呟く。初対面のときに侮られたことが未だ尾を引いているようだ。

「錬金術師殿？　ああ、適当に座ってくれ。お茶は……」

「あ、これですね？　私が淹れるので座っていてください」

隅に置かれたワゴンのポットには【保温】されたお茶が入っていた。だけど、カップとソーサーはあるけどお茶請けは見当たらない。

きっと今、この執務室には限られた人間しか入れないのだろう。太守様の訃報はまだ伏せられたまま。机に積み上げられた書類は太守の決裁待ちなのかもしれない。

「どうぞ」

「ありがとう。ん？　錬金術師殿、これは？」

ティーナさんが摘んだのは紅茶に添えた【蜂蜜ダイス】と【チョコレート棒（仮）】だ。どちらにもしっかり体力回復のポーション効果が付いている。

「錬金術師特製のお菓子です。えー研究にのめり込み寝食を忘れる錬金術師の疲れにも効く秘伝のお菓子なので、疲れが取れます。ぜひ！　あとこれ、いつも一緒の騎士さんにも……」

私は試作品の簡易保存紙《ラップ》で作った小袋に入れて手渡した。

商業ギルドのエマさんに不信がられたことを踏まえて、今回はちゃんとレッテリオさんにもお許しをもらったし、これは『のめり込み型の錬金術師用お菓子ですよ』と予防線も張った。もし食べて違和感を覚えても、そのときお菓子はもう胃の中だ。消えてしまうので問題ない。

「……ありがとう。錬金術師殿は優しいね。私は情けないよ」

蜂蜜ダイスを口に放り込んだティーナさんは、ずるずると背もたれに寄りかかり椅子に沈み込んだ。

「――突然祖父が亡くなって、直系の太守一族が私だけになってしまって……」

最初はぽつぽつと、そのうち堰《せき》を切ったように、ティーナさんの口からこの数週間が語られた。

彼女が次期太守ということは、きっと他にご家族はいないのだろうと思っていたけど、実は隣国やどこかにいるらしい。

「父は私が子供の頃に逝《い》ってしまったのだけど、母は貿易会社を興《おこ》して陰からペルラを支えてくれている。姉は太守にはなりたくない！　と言って留学したと思ったらそこの王子様と恋に落ちるし、兄は海が好きだ！　とか言って海賊退治をしてるらしいし……まあ、皆それぞれに支えてはくれているんだが……やっぱり今は傍《そば》にいてほしかったな」

最後の一言はきっと本音だろう。甘い蜂蜜とチョコで緩んだ気持ちが言わせたのかもしれない。

私はなんだか急に、ティーナさんを身近に感じてしまった。だって、すごく普通のことを言ったから。

次期太守で、腰に剣を佩き、思ったことを口にする彼女は、強くて何でもできちゃうんだろうと思っていた。でも、なんだ、そうじゃないんだ……って思ったら、何でかホッとしてしまった。修行中なのは私だけじゃないんだなっ……て。

……それにしてもティーナさんの家族は皆自由で、やっぱり海賊の血を感じさせる。

「ハァ。……ちょっと色々と突然なことが多くて不安定になってた。焦ってしまっていたのかな。

――錬金術師殿」

ティーナさんがキチンと椅子に座り私に向き直る。

「はい？」

「最初、本当に失礼な態度をとって申し訳なかった」

「いえ。私みたいのが来たら、大丈夫か？　って思われるのが当然です。お気になさらずに」

「それから、そちらの炎の精霊様《サラマンダー》にも改めて謝罪を。申し訳ございませんでした」

ティーナさんは深く頭を下げ、私の肩に乗るイグニスが顔を出すのを待った。

「ん～……いいよ～！　ティーナも大変だったんだねぇ～ぼく～もう怒ってないよ～」

「イグニス……」

良かった。イグニスが憤《いきどお》りを感じたまま滞在しているのはちょっと心苦しかったのだ。イグニスにはいつも楽しく過ごしてほしいもんね。

それから、少し顔色が良くなったティーナさんに【灯台真珠】と似ている【精霊の珠】のこと、急ぎ足の白亀貝のこと、禁漁区のことなどを話した。

「なるほど。ちょっとまだ頭の整理が付かないが、【灯台真珠】を作る展望が開けて良かった。実はね、今日は私からも錬金術師殿に共有したい情報があったんだ」

そう言うと、ティーナさんは書棚から古い二枚の絵図を取り出し広げた。

「これは今日、神官長から届けられた地図なんだ。継承の儀式はどうもこの禁漁区……禁域の入り江でやるらしい」

「入り江ですか？」

「そう。まぁ……平たくいえば海賊の隠し港だな」

顔を近づけ見ると、それは神殿で見たレリーフと似た雰囲気の絵図だった。極端に狭い入口がある円形の入り江……確かにこれは海賊の隠し港っぽい。もう一枚の絵図は継承の儀式を描いたものなのか、左胸に手を当てた人が何かを海に投げ入れる様子と、大小の白亀貝、亀とイルカの姿が描かれていた。

「本当は神殿外へ出してはいけないものらしい。でもこの状況だろう？　錬金術師殿の参考になれば……と貸してくれたんだ。この二枚目の絵図を見てくれ。神官長が言うには、就任する太守が何かを投げ入れ祝詞《のりと》を唱えると、イルカがその何かを海の底へ持って行ってくれるらしい」

「イルカ？　あれ、亀じゃないんですか？」

「そう。多分このイルカは我が家の家継精霊じゃないかと思うんだ」

「えっ？　家継精霊は大亀様じゃないんですか⁉」

　館の正門にあったバルバロッサ家の紋章が亀だったから、てっきり大亀様が家継精霊で、代々の太守の契約精霊なのだと思っていたのだけど……。

「ああ。大亀様も家継精霊みたいなものなんだけどね。大亀様は代々の太守に守護を下さるんだ。で、直接的な家継精霊は水の精霊《ウンディーネ》のイルカで、私も契約してるよ」

「そうだったんですね」

　私は絵図に顔を近付け更にじっくりと見てみた。ここには神官の姿も描かれている。だけど何かを投げ入れる太守に背を向け、その様子を見てはいない。

　投げ入れたものを見ているのはイルカだけ。海の底へ運ぶと言われているのだから、それが何なのか、どう使うのか、イルカは知っているはずだ。

「契約精霊のイルカさんに、儀式のお話を伺ったりはしていないんですか？」

「それがね。聞いたんだけど喋ってくれないんだ。アイツは性悪イルカって呼ばれてるくらいの性格でね？　悩んでる私を見て『左胸に手を当ててよ～く考えてみな！』なんて言ってニマニマ楽しそうにしていたよ。まったく！」

「あー……でも、精霊ってそういうものですよね」

その性悪イルカさんの性格は分からないけど、自分たちのことは話さないのが精霊だ。この継承の儀式は、ペルラの海に住まう精霊たちの秘密でもあるのかもしれない。

「くふふ～喋らないよねぇ～。だってぼくたち～そういうものだもん～」

「でも、この絵図のおかげで探る場所は特定できましたね。【灯台真珠】の鍵はきっと、ここにあります」

灯台を望む禁域の入り江。海賊の隠し港だなんて、最高にペルラらしい場所だ。

「そうだな。もしかしたら投げ入れるものを対価に【灯台真珠】を授けられるのかもしれない。まったく……こんな絵図があるのなら神官長もさっさと出せば良かったのに！」

「んん～……精霊とかかわることには～色々きまりがあるんだよぉ～」

「そうなのですか？　では炎の精霊様《サラマンダー》にも何か秘密がおありで？」

ティーナさんがイグニスを見上げニヤっと笑う。

「ある～かもだしぃ～ないかもだよ～！　くふふ～！」

「フフッ、愛らしい炎の精霊様《サラマンダー》だね、羨ましい……！　うちのイルカはほんっとうに……！

水の精霊《ウンディーネ》といえば清らかな性格が多いだろ？　なのに何故かペルラの海の水の精霊《ウンディーネ》たちは、荒っぽいというか悪戯《いたずら》好きというか……！」

クッ、とティーナさんは拳を握るが、多分それはここの気質なのだろうな～と、私は思った。

「ただいまにゃ～」

「大きめで比較的品質の高い魔石を持ってきたけど……どうかな？　アイリス」

宝物庫にあった条件に合いそうな魔石は五つ。どれもなかなか高品質だけど――。

「違いますね。これは純粋な炎の魔石ではないし、こっちには少し濁りが。これとこれは既に何か魔術が刻まれています。これは……品質は良いけど小さいですね。魔力が足りない」

溜息こそ零さなかったが、部屋には気まずい沈黙が流れた。もう時間がないのだ。絵図の情報もあり、【灯台真珠】がいよいよ手に入る！　と期待していただけに、私以上にティーナさんの落胆が酷い。

でも、自分より酷く落ち込むその姿を見たら、何故か落ち着いてしまい、前向きに考えることができてしまった。魔石は見つからなかったけど、儀式を行う場所でイルカの精霊を呼んだら何かが起こるかもしれないし、失敗をしたとしても、何かを試すことは【灯台真珠】に近付く一歩になる。

「あの、ティーナさん。ひとまず明日、禁域の入り江へ行きましょう。もしかしたらヒントがあるかもしれないし、契約精霊のイルカさんが気紛れを起こして何か教えてくれるかもしれませんし！」

「……。うん。そうだな、分かった。それでは明日、朝食後にすぐ出発しよう！」


見上げる空には少し太くなった月が輝いている。

あの後、私は書庫へ戻り魔石について調べたのだけど……これと言った収穫はなく、息抜きに夜の散歩に出て来たのだ。

寝ていたイグニスはそのままに、書庫で仮眠していたレッテリオさんも起こさないよう、そーっと一人で抜け出してきた。行き詰まったときや情報が溢れすぎているときには、こうやってブラブラ歩くのが良い。いつも何故か良い考えが浮かぶ。

私は特に何も考えず、ボーッと月を見ながら歩いていた。

「ん？　あれ、迷った……？」

あまりにもボーっと歩いていたせいか、いつの間にか離れの庭を抜け、本館へ入りこんでしまったようだ。ヒンヤリとしたこの雰囲気は書庫に近そうなんだけど……どこだろう？

周囲を見回すと、壁に大小様々な絵が掛けられていることに気が付いた。

「わぁ……すごい。肖像画かな？　これ」

大きな絵には、決まって威厳のある人物が描かれていた。家族の絵もあれば、もしかして飼い猫だろうか？　可愛らしい子猫の絵もある。そして共通しているのは、描かれている人物の多くが赤や黄昏色の髪をしていることだ。

「みんなバルバロッサ家の人たちなんだね」

服にはお揃いの亀の紋章が描かれていて、皆、似たような赤色のブローチを左胸に付けている。

しばらく絵を眺めながら廊下を進んでいくと、最初は古い形だった服が見慣れた雰囲気になってきた。そして、少し先に佇《たたず》む人影に気が付いた。

「ティーナさん……あっ、様」

失敗した。「ティーナさん」と気安く呼んでしまった。

「錬金術師殿か。さん、でも構わないよ？　好きに呼んで」

「あ、じゃあお言葉に甘えて……ティーナさん、どうしたんですか？　こんな時間に」

「やだな、錬金術師殿だって」

微笑む彼女が見上げていたのは一際大きな絵。この先の壁に、まだ絵は飾られていない。ということは、一番新しいこの絵がお亡くなりになられた太守様なのだろう。

「……いよいよ【灯台真珠】がもたないかもしれないって神殿からハトが飛んできたの」

「えっ」

「明日、何としても新しい【灯台真珠】を手にしたい。錬金術師殿、お願い。力を貸して」

ギュッと手を握ったティーナさんの顔はよく見えない。でも、その声は真剣だ。

「はい！　できる限り全力で……！　その、最悪、ひとまず乗り切るために他の魔道具を使うのも有りかなと思いますし、イルカさんにお願いして大亀様に事情をお話ししたりとか、本当の本当に困ったら、イグニスに魔石を作ってもらって仮の【灯台真珠】っぽいものを作ってみたりするのも――」

私は未だ見習い錬金術師だから、できることには限りがある。知っていることは沢山あっても、それを活かす力が全然足りていないと痛感もしてる。でも、できることだってきっとあるんだ。

「フフッ、入り江に行く前から最悪の話なんかしないでほしいな？　錬金術師殿」

笑ったティーナさんの顔を月明かりが薄っすらと照らし、その胸元のブローチも光を受け煌めいている。明るい緋色をしたそれからは、ティーナさんらしい明るい魔力を感じた。

ああ。これ、肖像画のバルバロッサ家の人たちが皆付けていたブローチだ。代々ずっと、こうして一族の左胸を飾って――。

「……あっ」

私は並ぶ肖像画を振り返り見た。

「ティーナさん、そのブローチっていつも付けてましたよね？　特別なものですか？」

「ああ、これは一族の子が付ける守護魔石のブローチだけど……」

それを聞くと、私は今歩いてきた肖像画の通路を走って戻り、最初の絵からもう一度見返していった。

「付けてる、付けてる、付けてる付けてる付けてる付けて……ない！　付けて、る！」

「錬金術師殿……？　一体なに……大丈夫か？」

いくつもいくつもの時代を遡《さかのぼ》り見て、私は半ば確信しつつ、ティーナさんの目の前に掛けられた、今は亡き太守の肖像画を改めて見上げた。

「――付けてない！」

老太守の胸に、赤いブローチは付いていなかった。その隣、家族の肖像画では太守以外の皆が付けているのに。そして若い頃、まだ太守になる前の彼の胸には、ブローチがしっかりと付けられている。

どの時代の太守もそうだった。若い頃には付けていたブローチが、太守になって以降の肖像画では一切付けられていないのだ。

「ティーナさん、見つけました！」

「は？」

「そのブローチが【灯台真珠】の核です！　きっと！」

私は戸惑うティーナさんの手を引っ張って、古い肖像画からもう一度、一緒に見て歩く。ブローチを付けてる、付けてない、と呟くうちに、ティーナさんの目は輝きを増し、足はどんどんと速くなっていく。前太守様の絵に辿り着く頃はもう、二人でスキップをしていた。

「きっとこれが、あの儀式の入り江で海に投げ入れるものです！　だって、あの絵の太守は左胸に手をあて、そして何かを投げ入れていた！」

「……そうか。……あっ⁉　あの時のアイツの言葉って……そう言う意味か！　あの性悪イルカめ……『左胸に手を当ててよ〜く考えてみな！』だなんて、もっと分かりやすく言えばいいのに……！」

ああ、なるほど。ティーナさんの契約精霊の軽口は、実はヒントだったんだ。意外と優しい？

「そっか、じゃあこれを海へ捧げれば……【灯台真珠】が、手に入る……のか？」

「はい！　きっと！」

「ありがとう、錬金術師――アイリス殿」

笑うその顔は明るいけど、目の下に滲む疲れは濃い。きっと、ずっと無理をしていたのだろう。

「はい。明日が楽しみですね！　あの、ティーナさん、これ……食べてください」

私は腰のポーチから蜂蜜ダイスを出し手渡した。じわじわ効果の【ポーションは蜂蜜ダイス】じゃたかが知れてるけど、回復させないよりはマシだ。

「あ、これ美味しいよね。ありがとう。……フフ、そんなにひどい顔してるかな？　私。あー……

無理言ってレッテリオ様に手伝ってもらってもこれかぁ」

「太守のお仕事……ですか？」

部外者に手伝わせて良いものなの？　と思ったけど、あの量を騎士さんと二人で捌《さば》くのは無茶だったのだろう。

「あ、本当にマズイところは任せてないけど、私よりよっぽどできる人だし、こう、保険として引きずり込めないかなー……って、ね？」

「保険？」

「アイリス殿にはちょっと言い難いけど、もしも【灯台真珠】が見つからなかったときのため、私が太守になったときのため。【灯台真珠】は手に入りそうだけど、こんな急な太守就任だから、元婚約者のレッテリオ様がペルラに来てくれたらだいぶ助かるんだ」

――え？　元婚約者？

え、幼馴染みってそういう意味だったの？　待って、でも元ってことは、今は婚約してないけどもう一度……ってこと？

「レッテリオ様ほど頼りになる婚約者はいない。だから少し前から再婚約を申し込んではいたんだけど……ね！」

ニコッと笑顔を向けられた。だけど……この笑顔の意味は何だろう？　それに、どうしてそんなことを私に……？

「アイリス殿とレッテリオ様はすごく仲が良いから私も驚いたんだ。あんなに素のレッテリオ様って珍しいよ。アイリス殿と一緒のときはいつも楽しそうで……羨ましい」

「そんなことは……あの、仲が良いっていうか、私が面倒見てもらっているだけで、たまたまお仕事を一緒にさせてもらって……わ、私は平民だし、ただの見ならーー……錬金術師ですし」

おかしいな。なんだかまた頭が働かなくなってきた気がする。

「アハハ、急にごめん。一応言っておいた方が良さそうかなって思って。でもーー」

「ティーナ」

廊下の向こうから声が掛けられた。

顔を向けなくても分かる。この声はーーレッテリオさんだ。

「こんな時間にこんな人気《ひとけ》のない場所で。お目付けのジェラルドも困ってるぞ」

「うわ、本当だ。でも二人してその辺で見てたんでしょ？　レッテリオ様、ジェラルド」

「えっ」

思わずレッテリオさんの方を見ると、渋い顔をした騎士が二人で並んでいた。

見てたの？　ずっと？　レッテリオさん……一体いつから見てたんだろう？

「ほら、アイリスも。今日は部屋でちゃんと休もう。イグニスはもうルルススくんの部屋で寝てるから。ね？」

いつものように手を差し出されたけど、私は慌てて顔を俯けた。

なんとなく、どうしてだか分からないけど、今の自分の顔をレッテリオさんに見られたくないと思ったのだ。……多分。

「それではアイリス殿、明日よろしくね。今夜は話せて良かった。ありがとう！」

おやすみ。と手を振ったティーナさんは、お小言を受けながら騎士さんにがっちり抱えられ帰って行った。あれは……捕獲？

「アイリス。戻ろう」

「……はい」

レッテリオさんの後ろについて、とぼとぼと廊下を歩いた。いつもは隣を歩くのだけど、どうにも足がそちらには動かなかった。

ついさっきティーナさんとはしゃいで歩いた廊下なのに、今はどうしてかこんなに気持ちが重い。

「アイリス」

私の数歩前、ピタリと歩を止めレッテリオさんが振り向いた。

「ティーナに何を言われたのか聞こえてたけど……」

レッテリオさんの目がちょっと迷ったように横へ泳いだ。そして大股一歩。私の方へ歩み寄り、言葉を続ける。

「婚約なんて子供の頃のことだし、お互い家の事情ってだけの、本当にただの幼馴染みなんだ。それ以上のことなんて何にもないし、今回だって数年ぶりに顔を合わせたんだよ」

――でも、ティーナさんは再婚約を申し込んでいるって言っていた。

「仕事を手伝ってはいたけど、本当にできる範囲だけ。俺は関わらない方が良いって言っていただろう？　変に関わるとうちの名前が思わぬ影響を及ぼすからね」

――レッテリオさんのお家って、そんなに影響力がある家なんですか？　ティーナさんはレッテリオさんのことを、すごく頼りになるって言っていた。

どう扱ったらよいのか分からないそんな言葉が積み重なっていって、モヤモヤする何かが喉を塞ぎ、私は声を出せないでいた。

「ねえ、アイリス」

レッテリオさんはまた半歩、私に歩み寄る。さっきよりも更に近付いたおかげで顔がよく見えた。

ああ、レッテリオさんの瞳って夜だとこんなに綺麗な空色なんだと思い、自然と目が釘付けになった。

「そんな風に距離を取られると、俺はちょっと寂しい」

私はいつの間にか、じっとレッテリオさんを見上げていた。あんなに見れないと思っていたのに、今は食い入るように見つめてる。

「……あんまり、近くに寄ったらいけないかと思って」

やっと、声が出た。レッテリオさんが私の傍に来てくれたから、だから言えたのかな？　と動きの悪い頭の片隅でそう思う。

「何言ってるのアイリス。そんなことある訳ない」

レッテリオさんはニコリと微笑んだけど、なんだか少し寂しそうに見えてまた心がざわめいた。

「……えっと、私……本当にレッテリオさんと一緒にいてもいいんですか？　レッテリオさんとティーナさんの邪魔になってたり……したらどうしようかなって……」

「アイリス、さっきの見ただろう？　ティーナとお目付けのジェラルド、あれで主従関係なんだよ？　どんな距離感かと思うよね？」

「……仲良しでしたね」

「本当にね」

フフッと笑いが零れ重なった。そうしたら、なんだか一気に肩の力が抜けて、喉を塞いでいたモヤモヤも、正体の分からない重苦しい気持ちもスゥッと溶けてしまった。

「ほら、早く部屋に戻ろう」

「はい」

私はレッテリオさんの隣に並んで、明日の朝食は何でしょうね？　なんて話しながら部屋へと戻った。

レッテリオさんの事情の全ては私には分からないけど、でも、これからも一緒に迷宮に行ったり、たまにランチを一緒にできたりしたらいいなと思う。それと――。肩が触れるほどのこのくらいの距離感が心地良いと、そんなこともちょっと思った。

# 9　禁域の入り江と灯台真珠

「ふぁ……」

　薄暗い塔の一室で、私はあくびを噛み殺しリュックを背負い直した。

　昨夜はあの後なかなか眠れずに、結局持ち物の点検や準備でだいぶ夜更かしをしてしまった。もしかしたらその場で【灯台真珠】を錬成することになるかもしれないから、調合セットもしっかり入れた。

「だいじょうぶ～？　アイリス～。レッくんも眠そうだねぇ～」

「眠気覚ましに『パチパチ海月藻《くらげも》』でも食べるにゃ？　噛むと弾けて面白いにゃよ！」

　漁師さんから入手したのだろう。ルルススくんは海の面白素材をチラッと鞄から出して見せつける。

「パチパチ海月藻は遠慮しておこうかな。遊ぶには面白そうだけど」

「私も今はいいかな。でもルルススくん、あとで手に入れた海の素材見せてね！」

「勿論にゃ！　余分にあるから分けてあげるにゃよ。あ、お支払いはルカ《お金》でも新作料理でもいいにゃ！」

　ニャシシ、というルルススくんの笑い声が部屋に響いた。ここは最初にティーナさんと面会した場所。石造りの壁は音がよく反響する。

ティーナさんまだかな……と思っていると、カッカッ、コツコツと足音が聞こえ勢いよく扉が開けられた。急いで来たのか若干髪が乱れたティーナさんだ。

「皆、待たせた！　早速入り江へ出発しよう！」

付き従っていたジェラルドさんが壁のタペストリーをめくり、ティーナさんが掌を当て魔力を流す。すると――。

「わ【転移陣】ですね、これ」

「そう。皆この中に入って」

床に現れた然程《さほど》大きくない陣に、私たちはぎゅうぎゅうになって入ると【転移陣】が起動した。


転移した先は、白い石造りの通路だった。

「皆、いるよね？　良かった。私もこれを動かすのは初めてだったからちょっと緊張したんだよね！　さ、進もうか。四半刻もあれば入り江に着くはずだから」

私たちは一列になって狭い通路を進んだ。先頭は護衛騎士のジェラルドさん、次がティーナさん。そしてルルススくんとイグニス、私、レッテリオさんの順だ。

「随分古そうな隠し通路だな」

レッテリオさんが呟いた。

確かに、造りを見ても古い石の積み方をしている。海賊の隠し港に繋がっていることを考えると、ペルラの砦時代かそれより前のものだろう。それに海へ向かっているからか湿気がひどく、付着した結露が通路に滴《したた》り落ちていた。

「……迷宮の階段みたい」

この暗さと狭さは私にあの延びた階段を思い起こさせ、なんだか不安な気持ちになってきた。

しっかりしなきゃ、とギュッと拳を握り締めると、後ろからそっと右手を包まれた。

「大丈夫。あのときも無事に着いただろう？　ちゃんと後ろにいるから」

「レッテリオさん……。はい」

不安を見透かされてちょっと恥ずかしいけど、スゥッと気持ちが落ち着いた。

「……あ。そうだ」

私はリュックに下げていたランタン【プロメテウスの火・改一】を手にする。

薄暗いから余計に不安になるのだ。隠し通路とはいえ、追われている訳でも魔物に警戒しなきゃいけない訳でもない。それなら思いっきり明るくしてしまえば良い！

「ティーナさん！　これ、使ってください」

「え？　ああ、ランタン！　助かる。一応用意してたけど私のだけじゃ後ろは暗かったね」

「ね～アイリス～。それ～ぼくが持ってあげるよ～！」

「そう？　大丈夫？　重くない？」

「へいきだよ～！　ん～……ほら～！」

イグニスが両手でランタンを持ったところで魔力を流し、明るさを『大』にした。

「ニャッ！　眩しいにゃ！」

「アイリス殿のランタンは凄い明るさだな⁉　うん、白い通路だからか随分先まで見通せる。いいな！　それ」

「くふふ～ぼくの魔石で作ったからね～！　でもね～ぼくの炎は強いから～ほんとは道具を使わなくたって～こんな湿気に負けないんだからねぇ～？」

イグニスはそんなことを言いランタンを尻尾でぺしぺし叩きつつ、天井間近を飛んで私たちを照らしてくれた。

「ねえ、アイリス？　あれ【プロメテウスの火】だよね？　この明るさとイグニスが苦もなく持てる軽さって……もしかして、改良した？」

「はい！　個人的な改良だから採算は度外視ですけど……レッテリオさんのも改良します？」

「ぜひ」

「レッくん、対価は素材の採取で良いにゃ！　帰ったら一緒に森の洞窟に採取に行くにゃ！」

さすがルルススくん。しっかりちゃっかりしてる！


通路を進んでいくうちに、更に湿度が高くなり蒸し暑くなってきた。夏用の薄い生地とはいえ、ローブが汗で肌にくっついて煩《わずら》わしい。【冷涼】の効果が付いている騎士服のレッテリオさんも汗をかいている。ルルススくんなんてゼェゼェ言っててちょっと心配だ。

しかしそんな中、イグニスだけはご機嫌で、元気に尻尾までふりふりしている。

「くふ～！　ここ～すっごい炎の魔力だね～！　き～もちい～」

「この辺りは海底火山があるからな。しかしここまで暑いか？」

なあ？　ジェラルド。と、ティーナさんが額の汗をぬぐいながら言う。

「少々異常ですね。入り江が煮立ってなければ良いが……」

「あそこはぬるま湯程度のはずだろう？　待て待て、さすがに煮立っては白亀貝が死んでしまわないか？」

まさかそんなことは……と思いつつ、気持ちは急《せ》くし何よりこの暑さ。早く外に出たい！　と、私たちは速足で通路を進んだ。

「よし、出口だ！」

ティーナさんの声に続き、隙間のような穴を抜けると気持ち良い風が髪を巻き上げた。私たちが出たそこは白い砂浜だった。周囲を見回すと高い岩に囲まれていて、正面には切り込みのような隙間が開いている。

「隠し港ってことは、あの狭い場所から船がここに？」

「そうだな。潮位が低いときを見計らって出入りをしていたんだろう。さて……アイリス殿、これの出番だな？」

ティーナさんが胸のブローチをトントン！　と叩きニヤっと笑う。

「そうですね。あの絵図に倣うなら……ああ、あの突き出した石の上じゃないですか？」

神殿から貸し出された絵図では、舞台のように張り出した石の上から魔石を投げ入れていた。

私たちは砂浜に足を取られながら歩いたが、身軽なルルススくんはトトッと走り、砂浜から石舞台へヒョイッと駆け上った。

「うにゃ！　すっごい綺麗な海にゃ！」

「んん～！　ここ～炎の魔力がすご～い！　いい場所だよ～」

はしゃぐ二人に不意に癒《いや》された私たちは、笑い合いながら石舞台に上がった。

「……あ。アイリス殿！　ちょっとこれを見てくれ！」

ブローチを外したティーナさんが私を手招く。ブローチの裏側を見てるけど、何かあったのだろうか？

「ほら、ここ！　古文字が浮かんでる。もしかしたら、これが神官長の言ってた祝詞《のりと》じゃないか？」

「……んん？」

ここ！　と指さす場所を見ても私には何も見えない。同じように覗き込んでいたジェラルドさん、レッテリオさんにも見えていないようだ。

「え？　皆には見えないのか……？　ほら、ここ『我は――』」

「待って、ティーナさん！　それ、多分祝詞です。でもティーナさんの他には見えないってことは、大亀様とバルバロッサ家の間に何らかの契約があるのかもしれません。私たちには言わない方が良いです」

継承の儀式を描いた絵図では、儀式を執り行う神官も、投げ入れる場面では新太守に背を向けていた。きっとこれは、太守以外は見聞きしない方が良い事柄だと思う。

「……そうか。では、ここからは私だけでやろう。皆はちょっと下がっていてくれ」

私たちはそそり立つ岩壁まで下がり、石舞台の先に立ったティーナさんを見守ることにした。だけど護衛騎士のジェラルドさんだけは、私たちよりも彼女の近くに立ち、剣に手を掛けている。

——本来なら、この儀式は神官長が立ち会い行うものだ。だって継承の儀式なんだもの。でも今回はまだ、神官長以外に、太守の逝去を知られるわけにはいかない。しかしもう【灯台真珠】がもちそうにない。だから、多分ここにあるだろう新しい【灯台真珠】を授かるため、多少手順を無視している。

神官長の不在はどう影響するのか、余計な私たちの存在は何か影響があるのか。何が起こるか分からない。

「本当なら【灯台真珠】も太守の代替わりも、余裕をもって行われるものなんでしょうね……」

それにこんな苦労をしたのはティーナさんがきっと初めてだろう。太守から新太守へ、口伝だけでよく何百年も問題なく継承されてきたものだ。

「そうだね。……それにこの海の温度変化も気になるな。何も起こらなければ良いけど……」

確かに、ちょっと窪《くぼ》んでいるここには熱気が籠っている。この辺りの魔素も濃くなっている気がするし、注意が必要かもしれない。

ジェラルドさんの背中の後ろで、私とレッテリオさんも、それぞれ杖と剣に手を添えた。

「——フルクトゥス、姿を現してくれ」

ティーナさんが腰のポーチから魔石を取り出し、名を呼んだ。すると細かな青い光が集まって精霊が姿を現した。

「ヨ！　ティーナ久し振りだナ！　ったく、ギリギリじゃねぇか。ヒヤヒヤしたぜぇ?」

これがティーナさんの契約精霊の水の精霊《ウンディーネ》か！　額にバッテンの形をした傷を持つ大きなイルカで、なんだかとっても威勢が良い。もしかしたら、バルバロッサ家が海賊だった頃からの付き合いなのかもしれない？

「フルクトゥス、これを海底まで持って行ってくれないか？　お前の役目なんだろう？」

ティーナさんは掌に乗せたブローチを、イルカの鼻先へと差し出した。

「おうヨ。あー……神官がいねぇようだが、マ、大丈夫かな？　ティーナ、ブローチの台座からラ魔石を外しテ祝詞を唱えナ」

ティーナさんは頷き小さな声で何かを唱えた。すると緋色の魔石が光を放ち、目の前の海がゴゥン、ゴゥンと低い音を響かせ、渦《うず》を作り始めた。

「ティーナ、魔石をよこしナ！　オレ様が大亀様の元へ……あ？　ヤベッ……！　逃げロ！　ヤツだ！」

「えっ？」

突然の大波だった。

奥まった湾内にこんな波が来るはずがないのに、まるでティーナさん目掛けて――違う、狙いは魔石だ！

「何だと!?」

ティーナさんは波に背を向け、イルカのフルクトゥスは水の玉で魔石を覆い守るがそのとき。大波の中から何か鞭《むち》のようなものが伸び魔石に襲い掛かった。

「お嬢！」

「ティーナさん！」

ジェラルドさんが飛び出し、波に呑まれかけたティーナさんを片手で引っ張って抱え込む。

「あっ！」

ティーナさんの手から、水に守られた魔石が零れ落ちた。

「フルクトゥス！　拾え！」

「ジェラルドに言わレなくってモ！　ピュウッ！」

吐き出した水弾《すいだん》で、フルクトゥスは魔石をティーナさんの元へ弾き飛ばした。が、その刹那《せつな》、フルクトゥスは波間から伸びた鞭に横っ面を張られ、波へと叩き付けられた。

「イルカさ～ん～！　んんん～！」

イグニスが波に向かってゴォッと炎を吐いた。ジュワッ！　という音がして、炎は波を相殺したが、海中からは二本目、三本目、四本目……と、次々に鞭――何らかの生物の触手のようなものが現れる。それらは魔石へと一直線に手を伸ばし、再びティーナさんに襲い掛かった。

「ティーナさん……！　点火《イグナイト》！　火の礫《つぶて》！」

私は正体不明の触手に向かって火礫を飛ばす。だが触手は、器用に波を起こして簡単に火を消してしまう。そして一本目の触手がジェラルドさんに斬り落とされ、しかし二本目が魔石を包み込むと、三本目、四本目の触手が私へと鋭く伸びた。

「アイリス！」

「アイリスぅ～！」

レッテリオさんが三本目に斬りかかり、イグニスが四本目を炎で弾いた。

「持って行かせない‼」

二人の間を抜けた私は、魔石を持った二本目を追いかけ石舞台の端まで走ると、海へ消えようとする触手に掴みかかった。

「アイリス危にゃいにゃ‼」

「えっ」

ハッと上を見ると私は影に覆われていた。グネグネと暴れる触手にしがみ付いていた私に向かって、大波が襲い掛かろうとしていた。

「アイリス！」

レッテリオさんが私を引っ張りその腕に抱えた。だけど私のもう一方の腕は触手に搦《から》めとられていて動けない。魔石を奪還しようと掴んだくせに、逆に捕らわれてしまうなんて間抜けすぎる……！

迫りくる大波に覚悟を決めた瞬間、その奥から巨大な触手の大元が姿を現し、小さな私たちを嘲《あざ》笑《わら》うかのようにカパッと口を開け――。

「アイリスぅ～‼」

「ニャニャッ⁉　にゃんにゃアレ⁉」

「貝、だと……⁉　フルクトゥス！」

「あんなバケ貝がいたなんテ知らねーヨ！」

ザバァン……！

白波が石舞台にはじけて、私とレッテリオさんは海の底へと引きずり込まれていった。

――嘘っ、私、貝に食べられた⁉

大口を開けた貝殻には太い爪のような突起があった。そして閉じ込められたこの貝の内側は光沢のある黒。これ、市場で見た白亀貝似の魔物の貝《バケ》だ……！

しかし正体が分かっても、魔石と同様、触手に片手を搦めとられたままの私は身動きが取れない。一緒に飲み込まれたレッテリオさんは、私を抱え狭い貝の中で剣を振るうが、二本の触手に阻《はば》まれ思うようにいかない。

「くっ……、厄介だな……！」

「ごめんなさい……レッテリオさん！」

「俺の方こそ！　これじゃ護衛失格だね」

レッテリオさんは触手を捌きながら笑ってくれたけど、余裕があるわけじゃない。

今はまだ多少の空気があるけど、貝殻の隙間からは熱い海水が流れ込んできているし、逆に空気はコポコポと漏れ出ていっている。息ができなくなるのも時間の問題だ。それにこのままでは、このプリップリの身に取り込まれてしまうかもしれない。

……ん？　身？　そうだ、これだって貝《バケ》ならきっと……！

「点火《イグナイト》！」

私は杖を抜き、貝の身に炎の礫をぶつけた。しかしまるで歯が立たない。海の中で炎の魔術は不利すぎるのだ。

「アイリス、いま何を狙った？」

「レッテリオさん、身と貝殻の間——貝柱です！」

市場で教えて貰った。貝の口を開けたいなら、貝柱を切ればいい！

「ああ、そうか！　風《ウェントゥス》よ、斬り裂け……ッ！」

腕輪をした腕で空を払う。気付いた触手が私たちへ向かってくるが、風の刃は鞭のようなそれをバッサリ斬って、そのまま本体を斬り、その陰に隠れていた太い貝柱を切断した。

「やった……！　ッわ」

「息を止めて！」

瞬間、パカッと口が開き、なだれ込んだ海水が私たちに再び押し寄せた。

水底へと落ち行く巨大貝は、回転しながら渦を作り、浮上しようとする私たちをも巻き込む。それは同じく捕らわれていた魔石も同じで、力を失った触手から逃れた魔石は、海中で踊るようにくるくると回っている。

——魔石が……！　あれがなきゃ、ペルラの【灯台真珠】は……！

私は目一杯に手を伸ばし、そして魔石を掴まえ掌に固く握り込む。「やった！」と思った瞬間、ゴボッと息が漏れた。レッテリオさんが私を片手で抱え上を目指すが、私のローブや渦が邪魔をしてなかなか上がることができない。

どうしよう、苦しい。私もレッテリオさんも限界だ。私の腰を抱く腕も緩んできた。

せっかく魔石を取り戻したのに……！

『アイリス～！　アイリスぅ～！』

――イグニスの声だ。

そうか、本来精霊は呼び出せば契約者の元へ現れる存在。どこにいたって、どこにだって姿を現すことができる。

ああでも、声だけだ。こんな海の中、炎の精霊《サラマンダー》は無理……だよね。

と、そのとき。魔石を握った掌が熱くなり、海の中に光が走った。あまりの熱さに掌を開くと、魔石から溢れた赤い光が私たちを包み、そして一気に体が押し上げられた。

「――ゴホゴホッ！」

「プハッ……！」

気が付いたら海の上にいた。慌てて息を吸った私とレッテリオさんが盛大にむせていると、すぃーっと体が海の上を滑りはじめた。

「お前ラ、無事だったカー！　良かったゼ!!」

そう言いイルカが海から顔を覗かせた。ティーナさんの契約精霊の……フルなんとかさんだ。イルカさんは海面を滑る私たちに並走しているのだけど……待って。私、いま何に乗ってるの……？

「え……？」

「なんだ、これ？」

レッテリオさんは密《ひそ》かに腕輪に魔力を込めるが、それをイルカさんは「プククッ、大丈夫ダ、やめとケ」と笑いながら止めた。

「どういうこと……？」

この、大きな岩のようなものに座った私たちは、あっという間に石舞台まで運ばれていった。

「アイリス～！　アイリス～！　アイリスぅぅう～！」

「イグニス……」

「アイリス殿！　レッテリオ様も、良かった……！」

私に飛びついたイグニスは号泣で、ティーナさんも酷い顔色で涙ぐんでいた。ルルススくんはホッとした顔でトンタタタンと踊っていて、ジェラルドさんは未だ警戒を緩めず厳しい顔をしている。

「大亀さま～ありがとう～！　アイリスとレッくんを助けてくれてぇ～……うぇええ～ん！」

「大亀様？」

「まさか、これが？」

レッテリオさんが慌てて立ち上がり海を覗き込む。すると、海中からぬぅっと大きな首が伸びてきて、黒い瞳を細め、私たちに微笑みかけた。

「すまぬなぁ。儂《わし》がちょっと眠っている間にぃ、あのような不埒《ふらち》ものが育ってしまっておってぇ」

私の背丈ほどの大きな赤い顔。簡単に飲み込まれてしまいそうな大きな口。そしてこの、足下の——薄紅色の甲羅は一つの島のよう。

「さぁて、新しいペルラの太守よぉ。魔石をこちらへぇ」

「大亀様、魔石は……」

私はハッとして、握り込んでいた掌を開いた。大きな魔石は熱を孕《はら》んだまま、薄紅色や紅色に揺らめき煌めいている。

「ティーナさん！　魔石！　取り返しました!!」

私は大亀様の甲羅の上をタタタッと走り、ティーナさんに魔石を握らせた。これはティーナさんの手から大亀様へお渡しするものだ。

「えっ、アイリス殿……！」

「さあ、早く大亀様へ」


私とレッテリオさんは大亀様の上から石舞台へと降り、ティーナさんを見守った。

「大亀様。どうか、私に【灯台真珠】をお授けください」

魔石はティーナさんの手から大亀様へ。そして大亀様は、イルカさんが鼻先で掲げた少し大振りな白亀貝に魔石を取り込ませた。

「さあ、次はぁ【灯台真珠】を授けようぞぉ」

――え？　「次は」ってどういうこと？　魔石を取り込ませたこの白亀貝で【灯台真珠】を作るんじゃないの……？

「キィー」とイルカさんが甲高い声を上げると、海中から新たに二頭のイルカが姿を現した。

「受け取レ！」

イルカさんが白亀貝をポーンと高く放り投げると、一頭のイルカが貝を受け取り、もう一頭は嬉しそうにひと跳びすると海中へ。しばらくして再び顔を出すと、先程とは違う巨大な薄紅の白亀貝を掲げ「キキュィ！」と鳴いた。

「さあ、新しき太守よぉ。手をぉ添え魔力を流しなされぇ」

ペタリ。ティーナさんが、両腕で抱えるほど大きな貝に触れ、じわり、じわりと魔力を流していく。すると薄紅色の白亀貝は徐々に紅《くれない》へと変わり、全体が染まり切ると、パカッ！　とその口を開けた。

「これが……【灯台真珠】……！」

人の顔より大きな深紅の真珠だった。魔石のような煌めきも有り、しかしその上品な光沢は真珠そのもの。

「私のブローチの魔石がこれに……？」

「いいやぁ、これの核はぁ先代太守の魔石じゃよぉ」

「えっ……？」

「其方《そなた》の魔石はぁ、次代の【灯台真珠】となるのだよぉ」

大亀様は愛おしいものを見るようにその目を細め、言葉を続けた。

「儂の魔石を核にぃ、海の火山の魔力を糧《かて》にしぃ、そして太守の魔力で仕上げたものがぁ【灯台真珠】なのだよぉ。さあぁ、受け取りなされぇ」

「はい！　大亀様」

ティーナさんが膝を折り礼を取ると、イルカたちがキュィー！　と鳴き、二頭は波間に高く跳び上がった。穏やかな湾内に飛び魚の群れが跳ね、青や黄の小魚がヒラヒラと舞い踊り、ティーナさんの魔石を取り込んだ白亀貝を囲んだ。そして、真っ白な貝はイルカたちに誘《いざな》われ、ゆっくり、ゆっくりと、海の底へ沈んでいった。

「新太守のブローチは次代の為のものだったんですね……」

「ティーナの【灯台真珠】を作りに来たつもりだったのにね」

「フフッ、本当ですね。……でも、あのタイミングで大亀様が授けに来てくださって良かった～」

だって、大亀様が浮上してこなかったら私たちは危なかったかもしれない。ずぶ濡れの私とレッテリオさんは顔を見合わせ苦笑した。

きっと、バルバロッサ家の『左胸のブローチ』は、神殿のレリーフに描かれていた心臓の代わりなのだろう。初代が捧げた心臓は己の魔力の塊。体を覆い尽くした白亀貝が魔力を吸収し、大きな【灯台真珠】を創ったのだ。

それから代々、次期太守となり得る一族の者は魔石のブローチに魔力を蓄え、太守の交代に合わせて新たな【灯台真珠】を作ってきていたんだ。

「ペルラの太守は、バルバロッサ家にしかできないんですね……」

「ほっほ、バルバロッサの人間は儂のぉお気に入りでなぁ。ところでぇ……その、炎の精霊《サラマンダー》の子よぉ」

「んん～？　なあに～？　大亀さま～」

飛び寄ったイグニスの匂いを嗅いで、大亀様はにこぉっと笑う。

「ほぉほぉ、懐かしい匂いがするのぉ？　ドルミーレの火山はぁ、眠ったままかのぉ？」

「そうだねぇ～ぼくが生まれてからはず～っと静かだよ～！」

大亀様は「そうかぁ、そうかぁ」と何だか感慨深げに微笑んで、そのまま海の底へと帰って行った。

# 10 帰路に就く

あの後、私たちはまた白の通路を通って太守の館へ戻った。一刻も早く【灯台真珠】の交換が必要とのことで、その日のうちに太守の逝去が報じられ、合わせて新太守にはティーナさんが就くことも伝えられた。

【灯台真珠】の代替わりも、夜までにつつがなく終えたらしい。これにより、実質的にはティーナさんがペルラの太守となった。正式な太守就任まではまだ日にちが掛かるそうだけど、賑やかなこの港湾都市は太守不在では回らない。

そして、これで今回の依頼も無事完了だ。そう思った瞬間、私の緊張の糸はプツリと切れ、その日は夕食も取らずに眠ってしまった。

まぁ、寝不足で蒸し暑い中を歩いて海に潜って格闘したらそうもなるだろう。それに海水まみれだった私は、帰ってきてからお風呂と、服の洗濯までしたんだから！

――あれ？　そういえばレッテリオさんは服、どうしたんだろ？　自分で洗ったのかな……？

もしかしたら、防水の袋に入れて【ふしぎ鞄】へポイッ！　だったりして。いいなぁ、私も早く【ふしぎ鞄】が欲しい……！

ペルラは本日も晴天。今日ここを発つ私は、レッテリオさんにちょっと我儘《わがまま》を言って朝市へ行ってきた。予定では早朝出発予定だったところを朝十刻まで待ってもらったのだ。

だって……せっかくの港湾都市なのに！　私はあの市場の食べ歩き以外、街に出ていないんだもの！

「ルルススくん、鞄に入れてくれて本当にありがとう～！」

「いいのにゃ！　アイリスのおかげで面白いお店も覗けたし、帰ってからのごはんも楽しみにゃから！」

「そうだね！　魚介類のお料理本も買ったし、この前のお店のパエリアのレシピも教わったし、新しい硝子容器と、軽くて大きなお鍋も買えたし、外国の錬金術の本も買えたし図鑑でしか見たことなかった植物素材も買えたし、あと魚介類も沢山買えたし……！」

それから貝の開け方を教わったお礼もしてきた。店主には「そんなん気にすんなって！」と言われたけど、おじさんのおかげで命拾いしたのだからと、各種ポーションと普通の蜂蜜ダイスを渡した。

しかしそのまたお礼にと、食べさせてもらった『炙り貝柱のオリーブオイル掛け』がすごく美味しくて、「貝か……」とちょっと複雑な気分になりつつも、お土産に貝柱の干物を買ってしまった。レグとラスが気に入ってくれたら良いけど……意外とお酒好きそうなレッテリオさんの方が喜びそうだ。

「あ〜アイリス〜そろそろ時間じゃない〜？」

イグニスが広場の大時計を指さすと、ゴーンとヴェネトスよりも重い鐘の音がひとつ。半刻の一つ鐘だ。ということは、もう朝九刻半！　そろそろ館に戻らなければ出発の十刻に間に合わなくなってしまう。

「わ、急ごっか！」

「い〜そぐ〜！」

「走るにゃか？　アイリスが一番遅そうにゃ。ニャッニャッニャッ」

私たちは港を背にして、石畳の緩い坂を駆け上った。港のその向こう、青い海の上では、真っ白な灯台が今日も海を見守っていた。


「レッテリオ様。彼女……アイリス殿は見習い錬金術師ですよね？」

「ティーナにはそう見えた？」

裏門から少し入った、目立たない車の待機所。準備のできた馬車の陰で二人は話をしていた。

「ジェラルドが調べたんですよ。ヴェネトスの錬金術師ギルドの名簿に『アイリス』なんて錬金術師はいなかった。でも、商業ギルドの錬金術師名簿には『アイリス』っていう見習い錬金術師が登録されていた。錬金術研究院の、森の実習工房所属で」

「そう」

「……まあ、今となっては夜色ローブの一人前だろうが、見習いだろうがどっちでも良いけど。でも、しれっと一人前を装わせて見習いをよこした研究院には一言申したくなりますね」

「ハハ、どうぞ。俺はそこには関係ないしね」

「――ペルラとも、もう関係ないですもんね。レッテリオ様は」

「幼馴染みとしてならまた寄らせてもらうよ。あ、次はランベルトも連れて来ようか」

「それはジェラルドが喜ぶ！　二人と手合わせがしたいって。な、ジェラルド！」

「お嬢、余計なことは」

「ティーナなら、もっと簡単にジェラルドを喜ばせることができると思うけどなぁ。まあ、時間の問題かな」


「――アイリス、にゃんで隠れてるにゃ？」

壁の隙間から覗きつつ、ルルススくんがコソコソ小声で言った。

「見習いって～バレちゃってたんだねぇ～」

「う、うん……」

それも最初からバレていたようだ。どうしよう。

急いで戻って来てみたら、まさかの会話が聞こえて思わず隠れちゃったんだけど……本当にどうしよう⁉　謝った方が良い？　それとも知らない振りをするのが正解⁉　そんな風に迷いながら門の陰から覗いていると、レッテリオさんと目が合ってしまった。

「で、アイリスは何してるの？」

「えっ、あの、ちょっとタイミングが……」

「アハハ、さっさと声を掛けてくれれば良かったのに！　アイリス殿、今回は本当にありがとう。またいつでもペルラへ来てね。何か困ったことがあったらハトを飛ばすといい」

「はい！　こちらこそお世話になりました。あの、あと……」

一人前と嘘を吐いたことを謝っておこう。やっぱり嘘を吐いたままでは……。

「アイリス、そろそろ行くよ。乗って」

「みて～アイリス～！」

「料理長からお弁当をもらったにゃ！　美味しそうにゃお魚《さかにゃ》の蒸し焼きにゃ！」

先に馬車に乗り込んだイグニスとルルススくんが、良い匂いのする包みを掲げている。

「わ、ほんと!?　ティーナさん、ありがとうございます！　あと、その、私……」

「いい。身分や肩書きなんて関係ないよ。私こそ……本当に失礼をした。アイリス殿は立派な錬金術師だったよ」

「ティーナさん……」

私をギュッと抱き締めたティーナさんは、最後にもう一つ、と笑いながら小声で付け足した。

「本物の夜色ローブ姿を楽しみにしてるよ」

「……はい！」

そう言ったティーナさんの左胸に、もうブローチは付いていない。手を振る彼女は、立派にペルラの太守になったのだ。

ゆっくり坂道を下っていく馬車の窓から、私はペルラの街を眺めていた。高台に見える太守の館はもうだいぶ小さくなっている。

「アイリス、ティーナといつの間にか仲良くなってたんだね。ペルラの人間は意外と身分を気にするところがあるから、ちょっと驚いたな」

「そうなんですか？」

ああ、もしかしたら『元海賊』という家系で色々とあるのかもしれない。でも……イルカの精霊さんも、護衛騎士さんもティーナさんも、気さくで良い方たちだった。

「あ、そういえばイグニス、大亀様とお知り合いだったの？」

「え～？　お知り合いじゃなかったよぉ～？」

「そう……？」

確か大亀様が「懐かしい匂い」って仰ってた気がしたんだけど……聞き間違いかな。あのときは死にかけた後だったしね。

「にゃあにゃあ、レックんのお家の精霊はどんにゃ精霊にゃ？　風の魔術使ってたにゃよね」

「ああ、うちは風の精霊《シルフ》で、鷹《たか》の姿をしている。口数少なめで厳しいけど、一度懐《ふところ》に入れた者にはすごく優しい方なんだ。契約していない俺にまで『風の加護』をくださるような方だからね」

「鷹ですか……！　素敵ですね」

「姿には精霊個人の個性が出るんだよね。あ、そうだ」

レッテリオさんは何かを思い付いたのか、ニヤッと笑って言葉を続ける。

「アイリスはランベルトの紋章って何だか知ってる?」

「え?　紋章?」

突然そんなことを言われても……?　あ、そっか。家継精霊を持っている家の紋章は、大抵その精霊に縁がある図柄をしているんだっけ。

「ん?　ランベルトさんのですか?　ヴェネスティ侯爵家のじゃなく?」

ヴェネトスの街の門に掲げてあった紋章なら覚えがある。確か剣と竜と、他にも何かが描かれていたような、ないような……?

「いや、家のじゃなくて個人の。ランベルトの騎士服にも付いていたんだけど気付かなかった?腕のところ」

「うーん……?　気付きませんでしたね」

そんなものがあったのか。そういえばレッテリオさんが契約書に押した印章は、羽根っぽい図柄だった気がする。もしかして貴族の契約精霊持ちは皆、個人の紋章を持っているのだろうか?　まあ、厳密にいえばレッテリオさんは契約精霊じゃなくて加護持ちなんだけど。

「あ、そうだ。イリーナ先生のローブには雪白百合《ゆきしらゆり》の紋章が付いていたっけ……」

「そうそう、そういうの。ランベルトの紋章はね、『一角《いっかく》』なんだ」

「一角?　……え、一角獣《ユニコーン》ですか!?」

一角獣と言えば竜と並ぶ特別な存在だ。王宮に住んでいるとか太古の森にひっそりと住んでいるとか、半ば伝説の存在だ。

「夢幻を操り風も操る一角獣……ってことは、風の精霊《シルフ》ですか?」

「アハハ、答えは今度ランベルトに会ったときの楽しみにしておこうか」

やけに楽しそうなレッテリオさんは、フフッ、クフフと、まるでイグニスのような笑い方をした。

一角獣の精霊さん……そんなに癖のある方なんだろうか？　楽しみだけど、すっごく気になる！


「……あ～寝ちゃったねぇ～……」

「お疲れにゃったからにゃ」

まだ寝てないよ。そんな風に思ったけど言葉は出なかった。

涼しく保たれている車内。カーテン越しに入る日差しは丁度良い木漏れ日になっていて、うとうと、とろとろと、私は眠りに誘われていた。

隣に座っているのはルルススくん。ふかふかの毛並みが気持ち良くて頬を埋《うず》めたくなってしまう。ああでも、私がもたれたらきっと重たいだろう。そうは思うけど、倒れ込む体を支えることができない。

「レッくん、場所代わってほしいのにゃ。ルルスス潰れちゃうにゃ」

「ああ、じゃあそうっとね」

ごめんねルルススくん。もう半分眠っている私の口からは「む……んん」と言葉にならない音が漏れるだけ。

「随分と頑張っていたからね」

ふふ、と柔らかい笑い声が間近で聞こえて、少し硬い新しい枕に寄りかかる。ふかふかの毛並みはなくなってしまったけど、傾くままもたれても安定感があってこれはこれで良い。

「もう寝転がってもいいよ、アイリス」

「んー……」

眠気に勝てない私は促されるまま倒れ込む。うん、ちょっと硬いけど温もりが心地良い。そして肩にそうっと重みが加わる感じがした。少しだけ肩が肌寒かったから嬉しい。それにこれ、レッテリオさんの匂いがする。きっと上着を掛けてくれたんだ。

「アイリスはがんばり屋さんだからねぇ～」

「無理しなくていいって言ったのになぁ……」

ひと撫で、ふた撫で。頭を撫でられる感触がして、私の中になんだか幸せな気持ちが広がって、そのまま私は眠りへ落ちて行った。

ハッと目覚めると、いつの間にか自分のベッドの中だった。

「……あれ。馬車に乗って……あれ？」

夢うつつの中の記憶を探るが、ぼんやりしていて思い出せない。でも、ベッドの上ということは、私ってばぐっすりと眠り込んでしまって……？

「失敗したぁ～……」

ハァーと溜息を吐き両手で顔を覆った。

徐々に、徐々に思い出してきたのだ。確かレッテリオさんの膝を枕にしていた気がする。まさかずっとじゃないだろうけど……馬車の寝心地は最高だった。それに多分、私をここまで運んでくれたのもレッテリオさんだろう。

この散らかった部屋を見られてしまったのも恥ずかしいし、寝入ったままベッドまで運んでもらったのもまるで子供のようで恥ずかしい。

「ああー……せっかく依頼達成してちょっと一人前っぽかったのに……！」

恥ずかしい。何が恥ずかしいのかちょっとよく分からなくなるくらいに恥ずかしい。

「あー……レッテリオさんにお礼とお詫びをしないと」

どうしよう。何て言おう？

でも、その前に、私、ちょっと恥ずかしくて顔を見れないかもしれない。

「よだれとか垂らしてそうで……どうしよう……⁉」

ああ、よく落ちる洗濯用石鹸と良い香りの柔軟剤を作って転送便《ハト》で送ろう。そうだ、そうしよう……！


「やっぱり～アイリスのごはんはおいしいねぇ～」

「んにゃにゃ、でももうミネストローネはなくなっちゃうのにゃ。レグとラス食べすぎにゃにゃい？」

「おいおい、十日もいなかったんだぜ？　このくらいペロリだぜ！」

「そうそう、畑仕事の後はお腹が空きますもの。とっても美味しかったわ！」

部屋を出て階段を降りて行くとそんな会話が聞こえた。皆で遅い夕食を楽しんでいるようだ。

「みんな、寝ちゃっててごめんね！　ごはんあった？」

「おうおう！　作り置きを食べてるぜ！」

「よくよく寝てましたわね、アイリス」

口の周りに赤茄子《トマト》スープを付けたレグがニカッと笑い、ラスはナフキンで口を拭って優しく微笑んだ。イグニスは私の肩に飛び乗って「いっぱい寝てたねぇ～」と笑って、ルルススくんは私にスープをよそってくれた。

「ただいま。レグ、ラス！　お留守番ありがとうね。何か変わったことなかった？」

「そうそう、大変だぜ！」

「もうもう、大豊作ですのよ！　また倉庫に入り切りませんの！」

「なぁんだ～一体何があったのかと思ったら……良いことだったんだね！　そっか、でも倉庫……拡張した方が良いかなぁ？」

せっかく収穫したものが無駄になるのは勿体《もったい》ない。これは先生に拡張の術をお願いした方が良いかもしれない。

――でも。

「私にもできるかな……【拡張】」

「まあまあ、きっとできますわよ！　アイリス」

「おいおい、おれたちの力を借りろよ！　アイリス」

「そうだよ～アイリスには～もう契約精霊が三人もいるんだよぉ～？」

イグニスは嬉しそうにくふくふ笑う。

「そうにゃよ。ルルスス、錬金術はよく分からにゃいけど、アイリスは『一人前っぽいローブ』を着てお仕事しに行けるくらいにゃんにゃから。もうちょっと自信を持つにゃ！」

自信かぁ……。正直まだできないことが多いし、急には無理だけど、でも……。

私は一緒に食卓を囲むみんなの顔を見回した。最初はイグニスと二人だけだったのに、ルルススくん、レグとラス、それに畑にはハリネズミさんたちもいる。仲間が増えた分だけ、私のできることも……きっと増えているはず！

「うん。そうだね！　よし。じゃあ明日にでも【拡張】やってみようね！」

「おっとおっと、その前にお願いしたいことがあるんだぜ！」

「ええ、ええ。こちらが優先ですわ」

「え？」

そう言うとレグとラスはキッチンを指さした。

「作り置きのミネストローネとコンソメスープ、全部食べちまった！」

「うふうふ、それからパンもですわ。もうなぁ～んにもありませんの！」

「ええ⁉」

スープは大鍋に二つ、パンだって大きな田舎風パンが四つ半あったはずだ。私はキッチンに置かれた空の鍋に目を見張った。

「くふふ～ハリネズミたちは～食いしん坊さんだねぇ～」

「全員で食べたらそうにゃるにゃ」

「ちょこちょこ、ご褒美に見習いたちにも食わせてたらあっという間になくなっちまった！」

「そうそう、ただでさえ大地の精霊《ノーム》が作ったお野菜は美味しいのに、アイリスとイグニスの魔力まで入って更にその味付けが！　絶品なんですもの！　ペロリですわ」

確かにこのミネストローネ、我ながら物凄く美味しくできたと思ってた。そっか、魔力の三倍掛け？　相乗効果で美味しさも増したのかな。精霊は魔力を糧にする生きものだから、魔力が豊富な食べ物をより美味しく感じるのだろう。

「分かった！　明日は倉庫に入り切らなかったお野菜を使った、魔力たっぷりの美味しいお料理をいっぱい作ろう！」

「パンはぼくにまかせてね～！　くふふ～！」

「へいへい！　アイリスは料理上手で最高だな！　クククッ、前のあの子は下手で面白かったよな！」

「うふうふ、そうでしたわね。前のあの子、頑張ってはいたけどわたしたちの姉にいっつも駄目だしされてましたものね。フフフッ。わんわん泣いちゃったりして……懐かしいですわ」

二人の口からそんな昔話が。『前のあの子』って……この工房にいた見習い錬金術師のこと？　それにレグとラスにはお姉さんもいたんだね？

「ねえ、二人は昔からずっと森にいるの？」

「ええ、ええ。一族はずっとこの森に住んでますのよ」

「一族でずっとこの森を見守ってくれてるんだ……！　嬉しい。ありがとうございます！」

「あらあら、アイリスったら良い子」

「うんうん、ペネロープちゃんと同じ良い子だな！」

レグから飛び出したその名前に、私は目を見開いた。

「……ペ、ペネロープちゃん!?」

「そうそう。わたしたちの姉の契約者、ペネロープちゃん！」

「そうそう。前にここで修行してたんだぜ！　ちょっと帰って来たと思ったらもういなくなったけど。あの子の料理下手、アイリス知らなかったのか？」

「知らなかったよ!?　それにペネロープ先生とレグとラスが顔見知りだったのも知らなかった……！」

「うふうふ。あの子が先生ですものね、フフフッ。ペネロープちゃんって、お料理は煮込めば良いと思ってるのか、何でも大鍋でグツグツ煮ますのよ？　美味しくできないからって鬼気迫ってましたし」

「お伽噺の悪い魔女みたいだったよな！　うちの姉ちゃんがいっつも手伝ってやってたけどさ、姉ちゃん味オンチだからな！　絶対に美味しくならないんだぜ！　ククク ッ！」

なんだか凄いことを聞いてしまった気がする。これ、聞いてもよかったのかな……？

「ペネロープ先生って～お料理苦手だったんだねぇ～。だからいつもアイリスに作らせてたのかなぁ～？」

「あはは、そうかもしれないね」

他の二人もお料理は苦手というか、ほとんどしたことがないって言ってたしね。イリーナ先生のときは、主に専属料理人が作って届けてくれてたけど……あれは特別だと思う。イリーナ先生はこだわりの美食家だし、貴族の良いお家出身みたいだし。

ペネロープ先生に代わってからは私が固定でお料理係になって、最初は押し付けられちゃったのかな？　って思ったりもしたけど……まさかそんな理由だったとは。

もう、ペネロープ先生ってば……。

「意外と可愛らしい人なんだ……？　ふふっ」


時刻は深夜。窓から見える月は、三日月からまた少し太ってきている。

「明日からもやることいっぱいだなぁ」

もう寝ているイグニスを起こさぬよう、私はそうっとクローゼットを開けハンガーを取り出した。

椅子に掛けられていた夜色のローブ。きっとレッテリオさんがここに掛けておいてくれたのだろう。サラッとした薄い生地は、馬車で寝てしまった私のせいで皺くちゃだ。

「……これも綺麗に洗濯して大切にしまっておこう」

ほんの十日だったけど、このローブを着ることができて良かった。ちょっと一人前に近づいた気がして嬉しかったし、ペルラで夜色の責任と重みを感じた気もした。

「錬金術師の仕事って、楽しくものを創るだけじゃないんだなぁ」

ペルラの【灯台真珠】は、受け継いでいくことにより街を創り続けていく、そういうものだった。

街なんて大きなものに影響を与える、そんなものすら創り出せるのが錬金術師なのだと知った。

「でも、私のローブはまだこっちだもんね」

クローゼットの中、仕舞われていた黄昏時の薄紫色のローブをそうっと撫でた。

私は明日もパンを焼くけど――。

「本物の夜色ローブ……早く着れるようになりたいな」

心から、そう思った。

# 幕間　錬金術研究院の錬金術師たち

「――まさか【灯台真珠】を作るとは」

レッテリオからの報告書に目を通し呟いたのは、錬金術研究院の筆頭錬金術師クレメンテ。少し癖のある長い金髪を適当に括《くく》ると、彼は再び報告書を読み始めた。

「本当に。でもあの子、また無茶をしたようですね。錬金術師が海に潜って魔物と格闘するなんて……！　まったく何を考えているのか……」

ハァ。と大きな溜息を吐いたのは、元アイリスの教師であるペネロープ。眼鏡を掛けたその眉間に皺を寄せ、厳しい表情で報告書を睨んでいる。

「あら。二人とも、アイリスが依頼を達成したのがそんなに意外でして？」

紅茶の香りを楽しみながら笑うのは、アイリスの師匠、イリーナだ。忙しい試験の最中ということを感じさせないその余裕は、さすが闇色ローブの錬金術師といったところだろう。

クレメンテもペネロープも同じく闇色ローブをまとう最高位の錬金術師ではあるのだが、それぞれ違った理由で、本日は心の余裕が少し欠けていた。

「意外でしょう？　だってあの子はまだ見習いですよ？　それなのにこんな危険な……！　海に落ちて魔物と格闘だなんて、錬金術師がやることではないでしょう？」

まったく……工房で大人しく修行をしていれば良いのに！　なんであの子は迷宮に行ったり迂闊

に魔物と戦ったりしてしまうのか……！　と報告書を睨み付けている。

「ふふ。心配なのは分かりますけど、少し落ち着いたら？　ペネロープ」

「イリーナ、あなた師匠のくせにちょっと薄情なのでは？　弟子が心配じゃないの？」

「ええ、心配はしてなくってよ。騎士レッテリオも一緒でしたし、イグニスもいるし。アイリスは意外とたくましい子よ。それにあの【レシピ】量。私たちだってあの子程の暗記力と【レシピ】の容量はないでしょう？　そんな私たちが心配だなんて、お節介じゃなくって？」

「【レシピ】はそうでも……まだ見習いよ？」

ペネロープは信じられない……！　と目を見張り、苛立たし気にココナッツクッキーを齧った。

ちなみにこのクッキー、アイリスから届いたペルラのお土産だ。

「確かに、これを読む限りたくましそうだな。よくぞ眠ったままだった炎の精霊《サラマンダー》の大亀まで引っ張り出して来たものだ。この見習いは炎の精霊《サラマンダー》と契約しているんだったな？　イリーナ」

「ええ」

「ふむ。ペルラの件でまずは実績をひとつ、というところか」

「携帯食の特許でふたつ。それから他にもおかしなものを作っているようですわ」

「ヴェネトスの迷宮も騒がしいようだし……。イリーナ、あなたアイリスにどれだけ箔を付けさせようっていうの？」

クレメンテとペネロープは、微笑むイリーナをじぃっと見つめる。

「できれば沢山ね。あの子の来年の試験合格を確実にしてあげたいのよ。炎の精霊《サラマンダー》の精霊持ちが少ない今、アイリスの存在は貴重でしょう？　それからイグニスも……あの精霊はきっと、可愛いだけではなくってよ」

炎の精霊《サラマンダー》の契約精霊が減っているということは、炎の精霊《サラマンダー》自体が眠ってしまっていたり、力を落としていたりする証拠だ。現にペルラの大亀も眠りについていた。そして海の力関係が崩れ、あのように大きなバケ貝が育ってしまっていたのだ。

きっと、王国内のあちこちで同じようなことが起きているのだろう。いや、これから起きるのかもしれない。

しかし、炎の精霊《サラマンダー》と心を通わせることができる契約者がいれば、それもいくらか抑えられる。

「早く一人前になってもらって、錬金術師の仕事をしてもらわなくては困るわ」

「イリーナ、あなたあの子に外回りをさせるつもりなの？　だからあのうっかりで楽観的なアイリスには危険だって……」

外回りとは、各地から錬金術研究院へ舞い込む依頼を解決しに行く役目のことだ。経験を積むために新人が回されることも多い――今回のペルラからの依頼が、まさにそれだ。

「しかし……彼女はこれだけ色々なことをやってのけているのだ。来年と言わず、今からでも今年の試験を受けさせれば良いではないか」

クレメンテのその言葉に、イリーナとペネロープは顔を見合わせる。そして、大きな大きな溜息を吐き、言った。

「だってあの子、調合試験に出てくる【上級ポーション】の作製ができないんですもの」

「それではさすがに……合格はさせられないでしょう？　筆頭」

「うわ、それは確かに無理だな。……彼女、来年までに【上級ポーション】の作製はできるようになるんだろうな?」

イリーナは「どうかしら?」と笑い、ペネロープはスッと視線を逸らし、そして呟いた。

「あの子なら【パン】で【上級ポーション】を作りかねない気もするわ」

確かに。と、三人の闇色ローブの錬金術師たちは頷いた。

# 異世界温泉であったかどんぶりごはん

著：渡《わた》里《り》あずま　イラスト：くろでこ

幼い頃に異世界トリップした真嶋恵理三十歳。

トリップ以来、恩人とその息子を支えようとアラサーになるまで最強パーティ「獅子の咆哮」で冒険者として頑張ってきた、が……その息子に「ババァ」呼ばわりされたので、冒険者を辞めることにした。

「これからは、好きなことをやろう……そう、この世界に米食を広めるとか！」

ただ異世界の米は長粒種（いわゆるタイ米)。

「食べやすいようにどんぶりにしてみようか」

食べた人をほっこり温める、異世界あったかどんぶりごはん屋さん、開店です！

# 脇役令嬢に転生しましたが シナリオ通りにはいかせません！

著：柏《かしわ》てん　イラスト：朝《あさ》日《ひ》川《かわ》日和《ひより》

　乙女ゲームの世界に転生してしまったシャーロット。彼女が転生したのは名前もない悪役令嬢の取り巻きのモブキャラ、しかも将来は家ごと没落ルートが確定していた!?

「そんな運命は絶対に変えてやる！」

　ゲーム内の対象キャラクターには極力関わらず、平穏無事な生活を目指すことに。それなのに気が付いたら攻略対象のイケメン王太子・ツンデレ公爵子息・隣国の王子などに囲まれていた!?　ただ没落ルートを回避したいだけなのに！

　そこに自身を主人公と公言する第2の転生者も現れて——!?

　自分の運命は自分で決める！　シナリオ大逆転スカッとファンタジー！

# アリアンローズ 既刊好評発売中!!

## 最新刊行作品

**庶民派令嬢ですが、公爵様にご指名されました**
著／橘 千秋　イラスト／野口芽衣

**ロイヤルウェディングはお断り！**
著／徒然花　イラスト／RAHWIA

**異世界での天職は寮母さんでした ～王太子と楽しむまったりライフ～**
著／くる ひなた　イラスト／藤村ゆかこ

**まきこまれ料理番の異世界ごはん ①～②**
著／朝霧あさき　イラスト／くにみつ

**おてんば辺境伯令嬢は、王太子殿下の妃に選ばれてしまったようです**
著／しきみ彰　イラスト／村上ゆいち

**異世界温泉であったかどんぶりごはん ①**
著／渡里あずま　イラスト／くろでこ

**薬草茶を作ります～お腹がすいたらスープもどうぞ～ ①～②**
著／遊森謡子　イラスト／漣ミサ

**見習い錬金術師はパンを焼く ①～② ～のんびり採取と森の工房生活～**
著／織部ソマリ　イラスト／hi8mugi

**どうも、悪役にされた令嬢ですけれど ①**
著／佐槻奏多　イラスト／八美☆わん

**脇役令嬢に転生しましたがシナリオ通りにはいかせません！**

## コミカライズ作品

**悪役令嬢後宮物語 全8巻**
著／涼風　イラスト／鈴ノ助

**誰かこの状況を説明してください！ ①～⑨**
著／徒然花　イラスト／萩原 凛

**魔導師は平凡を望む ①～㉕**
著／広瀬 煉　イラスト／⑪

**観賞対象から告白されました。 全3巻**
著／沙川 蜃　イラスト／芦澤キョウカ

**ヤンデレ系乙女ゲーの世界に転生してしまったようです 全4巻**
著／花木もみじ　イラスト／シキユリ

**転生王女は今日も旗を叩き折る ①～⑤**
著／ビス　イラスト／雪子

**お前みたいなヒロインがいてたまるか！ 全4巻**
著／白猫　イラスト／gamu

**ドロップ!! ～香りの令嬢物語～ 全6巻**
著／紫水ゆきこ　イラスト／村上ゆいち

**復讐を誓った白猫は竜王の膝の上で惰眠をむさぼる 全5巻**
著／クレハ　イラスト／ヤミーゴ

**隅でいいです。構わないでくださいよ。 全4巻**
著／まこ　イラスト／蔦森えん

**悪役令嬢の取り巻きやめようと思います 全4巻**
著／星窓ぽんきち　イラスト／加藤絵理子

**乙女ゲーム六周目、オートモードが切れました。 全3巻**
著／空谷玲奈　イラスト／双葉はづき

**起きたら20年後なんですけど！ ～悪役令嬢のその後のその後～ 全2巻**
著／遠野九重　イラスト／珠梨やすゆき

**平和的ダンジョン生活。 ①～②**
著／広瀬 煉　イラスト／⑪

**転生しまして、現在は侍女でございます。 ①～⑥**
著／玉響なつめ　イラスト／仁藤あかね

**自称平凡な魔法使いのおしごと事情 シリーズ**
著／橘 千秋　イラスト／えいひ

**聖女になるので二度目の人生は勝手にさせてもらいます 全3巻**
著／新山サホ　イラスト／羽公

**魔法世界の受付嬢になりたいです 全3巻**
著／まこ　イラスト／まろ

**異世界でのんびり癒し手はじめます ～毒にも薬にもならないから転生したお話～ 全4巻**
著／カヤ　イラスト／麻先みち

**冒険者の服、作ります！ ～異世界ではじめるデザイナー生活～ ①～③**
著／甘沢林檎　イラスト／ゆき哉

**妖精印の薬屋さん ①～②**
著／藤野　イラスト／ヤミーゴ

## 直近完結作品

**らすぼす魔女は堅物従者と戯れる 全2巻**
著／緑名 紺　イラスト／鈴ノ助

**はらぺこさんの異世界レシピ 全2巻**
著／深木　イラスト／mepo

# 見習い錬金術師はパンを焼く　2
# ～のんびり採取と森の工房生活～

＊本作は「小説家になろう」（https://syosetu.com/）に掲載されていた作品を、大幅に加筆修正したものとなります。
＊この作品はフィクションです。実在の人物・団体・事件・地名・名称等とは一切関係ありません。

2020年7月20日　第一刷発行

著者 ……………………………… 織部ソマリ
©Oribe Somari/Frontier Works Inc.
イラスト ……………………………… hi8mugi
発行者 ……………………………… 辻 政英
発行所 ……………………… 株式会社フロンティアワークス
〒170-0013　東京都豊島区東池袋 3-22-17
東池袋セントラルプレイス 5F
営業　TEL 03-5957-1030　FAX 03-5957-1533
アリアンローズ公式サイト　http://arianrose.jp
フォーマットデザイン ………………… ウエダデザイン室
装丁デザイン ……………… 鈴木 勉（BELL'S GRAPHICS）
印刷所 ……………………… シナノ書籍印刷株式会社